U0027330

下雨的書店：天氣漩渦的危機

日向理惠子　著
吉田尚令　繪
涂祐庭　譯

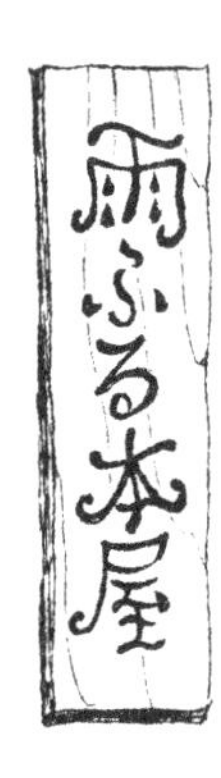

在下雨天的圖書館裡，
前往成排書櫃的陰暗深處，
無視牆壁一直前進，
有間小小的書店正在等著你。

這間店名為「下雨的書店」。
人們遺忘的故事，
雨水會製作成書，
排列在書櫃上。

「下雨的書店」的另一端，
是無法畫在地圖上的裂縫世界：
丟丟森林、天公天原、
渡渡鳥公會、月之原，
不知道在什麼時候遇見的，
被遺忘的故事們。

「雨啊雨啊，下吧下吧，『下雨的書店』！」
詠唱完這句咒語，
穿過由書櫃堆成的迷宮，
來，打開門吧。

目次

登場人物

露子
人類女孩。
喜歡寫故事。

星丸
幸福的青鳥。
會變身成男孩。

莎拉
露子的妹妹。

舞舞子
古書先生的助手。
是個精靈使者。

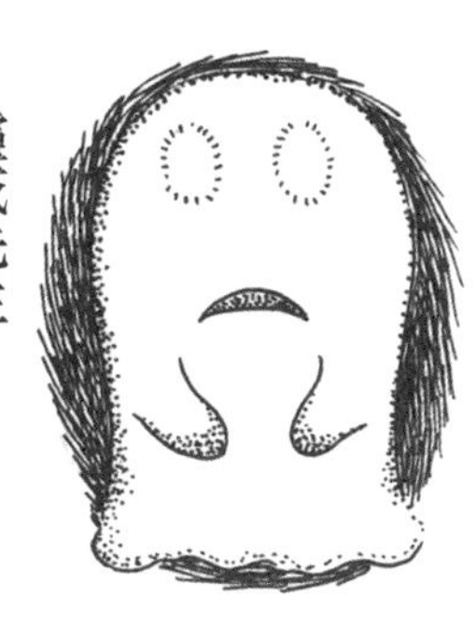

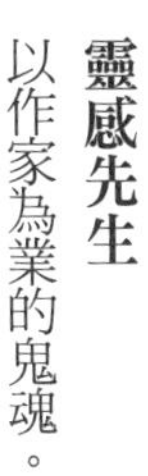

靈感先生

以作家為業的鬼魂。

書芊、書蓓

舞舞子的精靈。

古書先生

曾經滅絕的渡渡鳥。
「下雨的書店」老闆。

電電丸

雨童。
舞舞子的親戚。

七寶屋老闆

用各種奇特商品做
生意的青蛙。

一　圖書館內的祕密對話

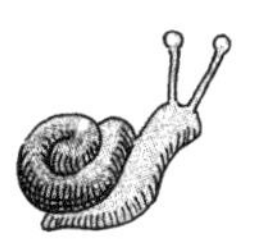

雨一直下個不停，從昨天晚上下到現在，雨勢已經變成滂沱大雨，甚至還招來了雷鳴。呼嘯的風聲搖晃著行道樹，整座城市都被雨水黯淡的灰色臂膀摟入懷中。

圖書館的玻璃自動門似乎也害怕狂風暴雨，關門的速度比平常來得急促。露子一邊摘下溼透的雨衣兜帽，一邊快跑著鑽過大門。

這場雨下得太大了。雨水不客氣的從四面八方砸落，讓她看起來像是從水中游泳過來似的。

露子才剛踏進圖書館，外面便傳來轟隆隆的雷聲，館內的照明應聲熄滅，原來是停電了。雖然電力很快便恢復正常，這短暫的黑暗卻帶來一種圖書館與外在世界隔絕的感覺。露子靠著重新亮起的燈光，用銳利的視線掃視圖書館內部。

找到了。有個小女孩前一刻還躲在深處書櫃的陰影中偷偷看向這邊，現在卻匆匆忙忙的縮了回去……那是露子的妹妹莎拉，絕對錯不了。那撮用藍色毛球髮圈紮起來的瀏海，宛如老鼠被猛獸盯上時縮起的尾巴，瞬間躲進書櫃的另一側。露子壓低腳步聲，朝妹妹的所在位置跑過去。

（真是的，那個臭莎拉！）

圖書館內的人潮比平常稀少，放眼望去到處都空蕩蕩的。在這種狂風暴雨的天氣，根本不會有人特地出門借書。

就連露子原本也沒有打算要來圖書館。今天她本來要和妹妹一起拼前陣子得到的拼圖，那是上個月去博物館時，媽媽買給她們的禮物。完成的拼圖，會是一幅翼龍在海上飛翔的圖畫。

「莎拉，完成的拼圖要送給媽媽，不可以占為己有喔。」

露子才剛開口提議，莎拉就丟下手中的拼圖，頂著大雨從家裡跑了出去。現在媽媽正好去鄰居家送傳閱板[1]，得在她回家之前把莎拉帶回去才行。露子就這樣走進雨中，追著妹妹出門了。

也許是因為圖書館沒有什麼人，室內空間感覺比平常更加空曠而且陰暗。書櫃上排滿書本的細微縫隙、書櫃和書櫃之間的空間、天花板和地板的角落——這些地方盤據著難以言喻的黑暗，似乎正在蠢蠢欲動。

1　日本社區活動的公布方式，經由鄰居之間傳閱來通知。

露子在書櫃之間穿梭前進，不由得開始擔心起來。這裡陰森到簡直難以想像是她平常造訪的圖書館。外頭激烈的雨聲一直環繞在耳邊，好像其他聲音全都從世界上消失了。

「……」

莎拉真的在圖書館嗎？她追的人會不會其實不是莎拉，而是別的小孩？又或者……是人類以外的某種東西？

湧上心頭的恐懼，讓露子停下了腳步。真是的，我在想什麼啊？現在要堅強一點才行，要是不趕快帶莎拉回家，她又會得重感冒了。

書櫃另一側傳出細微的腳步聲，露子一看到長靴的鞋跟消失在通道另一端，便一鼓作氣的跑過去，這才揪住了莎拉的白色雨衣兜帽。

「莎拉，別跑！」

露子抓著不停扭動身體想要逃走的莎拉，並且大聲喝斥。看到莎拉後，那些恐怖的念頭立刻煙消雲散，就連圖書館內不可喧嘩的規矩也被她一併拋諸腦後。

「不要，我才不聽！」

「不准逃走！」

莎拉揮舞著手臂，但是露子抓住她的肩膀，把她轉過來面向自己。

「妳在想什麼啊？在這種風強雨急的天氣擅自跑出家門，要是得了可怕的感冒該怎麼辦？」

莎拉氣呼呼的脹紅著臉，用積滿淚水的雙眼瞪視劈里啪啦數落自己的露子。她使勁的癟著嘴，說什麼也不肯回應露子。

「好了，我們回家吧。妳大概是想去『下雨的書店』玩，但是今天不行。帶著那副氣嘟嘟的樣子過去，誰會歡迎妳？」

露子一邊說一邊抓起莎拉的手，準備往出口的方向走。

「才不是！」

莎拉粗暴的甩開被露子抓住的手，整個人突然激動起來。她張開穿著白色長靴的雙腿，肩膀不停抖動著。

「人家不是要去『下雨的書店』玩，是要離家出走！人家要一直留在那裡，再也不回家！」

莎拉一口氣說完這些話，就癟著嘴一句話也不說了。她激烈的喘著氣，雙

きしゃ

眼用力瞪視露子。莎拉氣勢洶洶的模樣，讓露子看得目瞪口呆。她到底為什麼這麼生氣呢？露子努力做出不在意的樣子，以免被妹妹察覺自己的不解。

「離家出走？跑到姊姊也很熟悉的地方是想怎樣？這不就是要別人快點來找妳的意思嗎？真像個笨蛋。」

聽到露子這麼說，莎拉像是嚇了一跳似的突然睜大雙眼，接著她無力的垂下頭，眼淚撲簌簌的流了下來。莎拉咬緊牙根、屏住呼吸想要止住淚水，結果額頭和耳朵都變得一片通紅。

露子重新牽起莎拉的手，盡可能壓低聲音對她說：

「好啦，我們回家。」

露子抬起感覺比平常還要沉重的雙腿，準備向前邁步時——

書櫃的陰影中，傳來模模糊糊的交頭接耳聲響。

「那本書真的在這裡嗎？」

「應該是應該是，應該就在這裡。」

「就算真的找到了，接下來我們該怎麼做？」

「把它偷走藏起來或是燒掉都行，不管怎麼樣，就是不能被自在師找到。」

露子和莎拉嚇得僵在原地，豎起耳朵仔細聆聽。

書櫃的另一側有人在那裡，他們到底是誰？他們的對話夾雜了可疑的詞彙，一下子說要偷走圖書館的書，一下子說要把書燒掉……

「你記得那本書的書名嗎？封面是什麼顏色？開本多大？」

「好喔好喔，書名叫作……哎呀，叫什麼來著？」

「我只記得那個書名很奇怪。」

「真是不敢相信，大家竟然都不記得書名。」

「不過那個書名實在很奇怪，看到應該就能馬上認出來。」

他們你一言我一語，絲毫不知道露子和她的妹妹就在一旁聽他們的對話。他們說話的聲音很不尋常，有的像是快壞掉的玩具笛子高亢尖銳，有的則像剛從水中上岸般低沉模糊，還有的嗓音破碎嘶啞……這些聲音一點都不像人類，反倒讓人聯想到不屬於人類的某種存在。

「對了對了，我們到底是怎麼來到這裡的？」

「就是說啊，我們明明不是自在師或魔法師啊。」

「都是因為這場雨啦，這場大雨讓世界的分界線變得很泥濘。」

露子和莎拉面面相覷，遲遲不發一語，她們都感覺到非比尋常的詭異。只要發出一點聲響，書櫃另一端的某種存在就會立刻察覺，到時候會發生什麼事可沒有人曉得。兩人屏住呼吸，就連眼睛也不敢眨一下。

就在這個時候——

喀啦。一個清脆的聲音響起，原來是用桃紅色貝殼做成的蝸牛，從莎拉的雨衣口袋滾了出來。莎拉明明沒有移動身體，也沒有和姊姊念出「雨啊雨啊，下吧下吧，『下雨的書店』！」這句祕密咒語，蝸牛公仔卻忽然震動起來，接著滑溜溜的伸展身體，像貓咪似的開始高速向前狂奔。

四周不知不覺變成塞滿書本的巨型書櫃迷宮，露子和莎拉幾乎是出於本能的拔腿去追那隻蝸牛。不用說也知道，她們腳上的長靴毫不客氣的發出了聲響。

「哦？有誰在這裡呢？」

「我們的對話被聽到了！」

原本窸窸窣窣交談的存在，一下子轉移了注意力。

「千萬千萬，不能放過他們。抓起來！」

對方匆匆忙忙的追了上來，露子和莎拉也不顧一切的奔跑。她們只顧著緊盯發出桃紅色光芒的蝸牛，跟著牠在書櫃迷宮裡一下子左彎一下子右拐，沒命似的不停奔跑，途中沒有跌倒只能說是奇蹟。

終於，一道古老的木門出現在道路的盡頭，她們幾乎是一頭撞進門裡，而且那扇門上刻著一行捲曲的美術字，上面寫著：

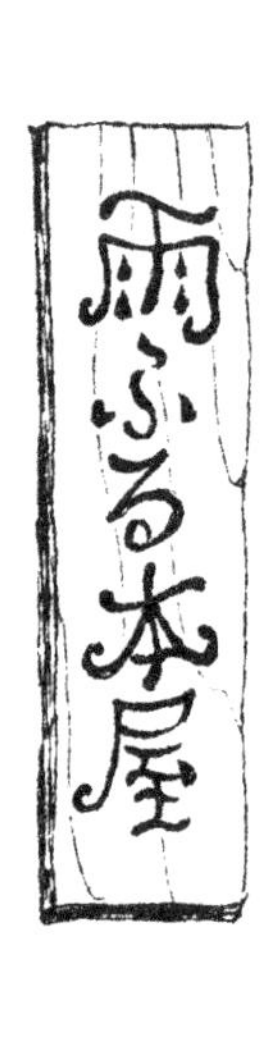

（下雨的書店）

二　令人畏懼的滅絕感冒

鑽過木門後，溫柔的雨水迎接兩人的到來，為她們洗去先前支配全身的恐懼。露子和莎拉一邊喘氣一邊看著彼此紅通通的臉頰，懷疑剛才發生的事情是不是現實。

清澈的雨水從象牙色天花板落下，書櫃在長滿青草的地板上恣意排列，上頭還陳列著人偶、化石標本、糖果罐、盆栽，以及用雨水灌溉故事種子培育出的一本本「下雨的書」。天體模型和剝製標本愉快的垂掛在天花板上，「下雨的書店」看起來和往常沒有任何不同。

難道是在作夢嗎？先前在市立圖書館的陰暗通道上，聽到某種存在在說悄悄話，還有追著自己而來的氣息……露子無法想像這些都是發生過的現實。

這時，一個搖晃著深苔色裙襬的身影，從店內走了出來。舞舞子是書店的助手，總是最早察覺到客人上門。

「露子、莎拉，非常歡迎妳們。」

舞舞子鬈髮周圍的珍珠顆粒像層層環繞的衛星一樣，身邊還帶著兩個用羊皮紙披風飛行的精靈。露子和莎拉一看到舞舞子，立刻跑上前去。

「哎呀，妳們發生了什麼事？臉上都是一副見鬼了的表情！」

舞舞子的精靈——書芊和書蓓也睜大眼睛飛來飛去，想知道是怎麼一回事。露子和莎拉一時之間什麼話也說不出口，就算剛才那些事是真實發生過的，她們也不曉得該如何說明。

正當舞舞子和精靈們滿臉疑惑的時候，書店深處——擺放著巨大桌子的地方，爆發了一個驚天動地的大噴嚏。

「哈、哈、哈——啾！」

書芊和書蓓驚慌失措，迅速躲到舞舞子身後。

「哎呀，古書先生！你不好好休息怎麼行呢？」

仔細一看，書店深處的桌上疊了一座書塔，在那堆書籍的後方，露出一顆左搖右晃的腦袋。那顆腦袋上覆蓋著顏色像泛黃紙張的羽毛，毫無疑問就是「下雨的書店」老闆——渡渡鳥古書先生。不過他的腦袋為什麼搖搖晃晃的？看起來不太安穩。

突然間，桌上那座搖搖欲墜由厚重書本堆疊而成的書塔，唏哩嘩啦的崩落下來，忙著拯救書本的古書先生也隨之現身。這位不好伺候的老闆倚著書本，幾乎快要撲倒在桌上。

「古、古書先生，你怎麼了？」

露子會嚇到也很正常，因為古書先生在滿月形鏡片後方總是炯炯有神的雙眼，此刻顯得朦朧渙散，粗實的鳥喙也像鎖頭故障的門一樣閉不起來，不時還會發出痛苦的喘氣聲。

「來來來，再吃一次藥。算我拜託你，你就待在被窩裡好好休息吧。」

舞舞子跑到古書先生身邊，從洋裝袖子裡掏出玻璃藥瓶，準備把藥灌進他乾燥的鳥喙裡。可是古書先生用翅膀把藥推回去，用沙啞的聲音說：

「舞舞子，妳不要阻止我。既然已經被來自地獄的病魔侵襲，我就要──哈、哈啾！用我僅剩的所有時間認真看書。這絕對是以渡渡鳥之姿誕生在──哈、哈啾！這個星球上的我──哈哈哈、哈──啾！最後的使命！」

古書先生不停打噴嚏，同時激動的滔滔不絕。他重新張開原本已經快要闔上的眼皮，鏡片後方的眼珠也發出灼熱的光芒。舞舞子無奈的嘆了一口氣。

「又來了，你太誇張了吧。我明白這種情況很罕見，所以你想表現得戲劇化一點……但是你那樣說會嚇到露子和莎拉喔。」

舞舞子轉頭看向露子她們，用溫和的表情笑著說：

「妳們不用太擔心，古書先生只是得了普通的感冒。不過以普通的程度來說，又有那麼一點點棘手……」

「舞舞子，只有一點點棘手嗎？妳的眼睛該不會看不清了吧？看清楚，我發高燒、眼睛充血，就連翅膀也起毛了！唉，我要詛咒這個被可怕疫病纏身的一生，詛咒命運的殘酷！」

古書先生說完，便啪噠啪噠的用短短的翅膀朝自己臉上搧風。

「真是的……你有時間詛咒命運還不如趕快吃藥，好好躺下來休息。等感冒痊癒了，你就能用更靈光的腦袋看更多書囉。」

古書先生用不知道是在打噴嚏還是扮鬼臉的奇特唔唔聲回答舞舞子。露子想幫助舞舞子，對古書先生擺出不滿的表情。

「就、就是說啊，古書先生如果想要看書，應該先讓身體恢復健康吧？」

古書先生擺出一副輕視的態度，發出夾雜鼻水聲的嘲笑。

「又說那種不經大腦的蠢話！只有書本才具有治癒疾病的能力。為了生存真正需要的事物是什麼？水、空氣，還是食物？都不是，我們需要的是故事和知識。我們必須時時刻刻更新觀看世界的方式，就像農夫要翻鬆田裡的泥土一樣，我們要讓以故事為名的新鮮空氣粒子，長長久久環繞在自己生活的世界上……只有這樣做，世界才會變得更豐富，生病的情況也才會消除！」

他說話時高舉到空中的短翅膀，隨著話音結束便軟趴趴的收回身旁。翅膀上的羽毛無力的萎縮著，古書先生的身體看起來像是縮小了一圈。

露子覺得有些不安，雖然舞舞子說古書先生的病沒什麼大不了，事實上該不會很嚴重吧？莎拉不知道在什麼時候把書芊、書蓓當成玩偶緊緊抱在胸前，視線也緊黏著古書先生不放。她抬頭看向舞舞子說：

「古書先生能吃洋蔥嗎？聽說感冒可以喝加了很多洋蔥的牛奶粥，之前人家就是喝這種粥才好的。」

舞舞子睜圓雙眼，黃昏色的眼睛瞬間閃耀出藍中帶金的美麗光芒。

「莎拉，謝謝妳告訴我，我馬上試試看。」

古書先生再度發出奇特的唔唔聲。他滿月形鏡片後方的眼睛十分混濁，完全看不出視線的焦點。

「舞舞子，我可不喜歡——哈啾——洋蔥喔。在這個地球上，吃下蔥類植物還能若無其事的、的、的——哈啾！也就只有人類了。對其他眾多生物而言，那就只是、是、是——哈啾！是一種毒！人類不但會主動吃有毒的草，還自詡是整個星球上最有智慧的生物，整天淨做些瑣碎事，卻不肯好好看一本書，真是太可悲了……」

說著說著，古書先生一頭栽進手邊的書裡，碎碎念了好一陣子，接著又猛然抬起頭。他的雙眼呈現出混濁的紅色，似乎還閃動著狂暴的光芒。他突然將完全失去光澤的翅膀張到最大，扯著嘶啞的嗓音吶喊。

「事到如今，應該要重新整頓這個世界！我要把現存生物連根剷除，建造出刻印全新理想基因、純潔無瑕的新生物時代！這個墮落到無以復加的星球，必須澈底矯正。哦，隕石啊，墜落吧！火山啊，爆發吧！在地表上橫行的所有殘存者啊，你們已受到被感冒沖昏頭的滅絕生物——渡渡鳥的詛咒，現在正是……」

露子她們還來不及感到驚訝，舞舞子便以迅雷不及掩耳的速度衝向古書先生，把藥灌進他的鳥喙。接著，古書先生像一攤爛泥似的倒在書頁上，半睜著眼睛邋遢的開始打呼。

「這就是我說有點棘手的地方。」

舞舞子將手掌覆蓋在古書先生的白色額頭上，向露子她們解釋。

「發燒、打噴嚏和咳嗽這些症狀都和普通感冒沒什麼兩樣……但是麻煩的地方在於這種感冒只有渡渡鳥會得到，一旦染病就會發動詛咒的力量，而且還是會讓全世界生物滅絕的毀滅性詛咒。這種只有渡渡鳥會得的感冒，就叫作『滅絕感冒』。」

露子察覺到自己驚訝得張大了嘴，於是趕緊閉上嘴，同時吞了一口口水。

「那只是口頭詛咒而已吧？跟他之前發燒說的話不是一樣嗎？只是聲音大了一些……」

事情並沒有露子說的那麼單純。舞舞子、書芊、書蓓帶著露子從沒見過的凝重神情，互看了彼此一眼。

「滅絕感冒最棘手的地方……就在於詛咒真的會發生。到目前為止，我們還能倖免於難……但只要古書先生的感冒不好，就不知道他哪時會真的毀滅裂縫世界。」

舞舞子的語氣相當沉重，露子覺得自己也像得了感冒似的，全身竄起一股寒意。

三　舞舞子的一半再一半

古書先生就那麼倒在一大堆書上睡著了。舞舞子從天花板拉下雲朵棉被為他蓋上，書芊和書蓓也迅速搬來冰枕，放在古書先生的頭上。

「露子、莎拉，真是不好意思，嚇到妳們了吧？」

舞舞子揚起山葡萄色的嘴脣，把手伸進由苔蘚跟蜘蛛絲做的洋裝袖子裡。這個動作彷彿是一種指示，偌大的白色香菇從地面長了出來，變成一張平坦的桌子。接著，舞舞子從袖子拿出晴空色的桌布輕輕攤開——冒著金色熱氣、散發香味的薑茶就出現了。

「不管怎麼樣，先喝杯茶吧。」

舞舞子為每一杯熱呼呼的薑茶，放入真的會發光的星星砂糖。

露子和莎拉默默盯著桌子，心想現在是悠閒喝茶的時候嗎？不管是古書先生的感冒，還是在市立圖書館追趕她們的神祕存在……今天實在發生太多恐怖的事了。

「外面應該也在下傾盆大雨吧？趕快讓身體暖和起來，不要連妳們也感冒了。」

舞舞子努力用開朗的語氣說話，露子她們卻不發一語，直接在香菇桌周圍陸續冒出來的香菇椅上坐下。

難以理解的事件接二連三發生，露子和莎拉恨不得立刻跟對方討論，不過一想起她們當初在雨中追逐的原委，兩人便提不起勁開口。

為了緩和她們之間陰沉的氣氛，舞舞子連忙把淋上熱呼呼巧克力醬的甜甜圈端到香菇桌的中央，畢竟這可是能驅散所有鬱悶情緒的大甜甜圈。

「露子、莎拉，妳們不用太擔心。雖然滅絕感冒是很麻煩的病，但是除了滅絕詛咒，其他症狀和治療方法都跟一般感冒相同。古書先生看起來很難受，是因為他感冒之後變得比以往更加愛看書，就算到了晚上也不睡覺。真是受不了，明明只要花一個星期注意保暖、安靜休養，很快就可以痊癒了……」

古書先生在雲朵棉被的包裹下發出巨大的打呼聲，似乎睡得意外的安穩。愈是不常感冒的人，只要身體稍微有點不適，就會變得大驚小怪。這麼說來，露子去年冬天也少見的感冒了，還在媽媽和莎拉的面前哭了出來。那時反而是莎拉表現得比較冷靜，讓她在事後覺得十分難為情。

不過，要是古書先生在感冒痊癒之前，就先被高燒沖昏頭，發動了什麼滅絕詛咒，事情會變得怎麼樣呢？

而且……一直跟在舞舞子腳邊的那個影子，看起來有點稀薄，總覺得像是被水稀釋過一樣，顏色顯得有些淺，該不會連舞舞子的身體也出狀況了吧？

「舞舞子姊姊，靈感鬼哥哥呢？」

甜甜的薑茶和巧克力甜甜圈似乎緩解了莎拉的緊張，她終於開口提問。

「他還窩在寫作室嗎？」露子皺起眉頭。

「是寫作室的書！」

莎拉突然大喊一聲，從椅子上跳了起來。她跑到某個書櫃前踮起腳尖，伸手抽出其中一本書。露子她們對這本藍白色封面的書相當熟悉，上頭用幾乎透明的文字寫著「寫作室」三個大字，而且上頭貼滿了「室內禁止喧嘩」、「請用蜂蜜牛奶和水母饅頭慰勞我」、「勤奮工作中」、「正在聚精會神的寫作，我說的是真的」等等，用歪七扭八字跡寫成的標籤。

「下雨的書店」住著一位名叫「靈感」的作家鬼魂，他以前為了尋找自己寫到一半的故事種子住在丟丟森林，現在卻在這本書裡有了自己的專屬寫作室。在魔法的作用下，只要翻開這本書的封面，就能像打開門一樣進入房間。

不過這是怎麼一回事？莎拉舉起書本，驚訝的睜圓眼睛，露子同樣是滿臉

疑惑。藍白色書封的正中央貼著一張特別大的標籤，上面用很粗的字寫著：

外出旅行中

看到兩人愣在原地，舞舞子委婉的說：

「正如妳們所見，鬼魂先生外出旅行了。在古書先生得到滅絕感冒之前，他們兩個起了一點爭執。鬼魂先生說古書先生對作家的態度太惡劣，古書先生則像往常一樣狠狠批評他的稿子。為了讓心情舒暢一點，鬼魂先生便決定出門旅行，順便好好休息。」

「好厲害，好像真的作家。」

聽到露子這麼說，舞舞子低垂著眉毛笑了笑。

「哎呀，別看鬼魂先生那樣，他在生前也出過書，是個如假包換的正牌作家喔。」

露子有點羨慕鬼魂，隔著雨衣摸了摸身上的口袋。那個口袋總是裝著用來寫故事的筆記本和筆，她摸到了筆記本卻怎麼也摸不到筆，大概是跑出家門追莎拉的時候太過匆忙，忘了帶出來。

「靈感鬼哥哥就那樣自己出發了嗎？」

最喜歡鬼魂的莎拉，知道自己見不到他之後，不高興的嘟著嘴，不過舞舞子給了她意想不到的回答。

「不是的，他對旅行還不太熟悉，所以有我陪著。」

「可是妳現在不是在店裡嗎？」

露子這麼一問，舞舞子露出為難的表情，將手指抵上太陽穴。

「我把自己的一半再分成一半交給鬼魂先生。我是精靈使者，本來就把自己的一半保管在精靈那裡，所以目前跟鬼魂先生同行的人，還有在『下雨的書店』的我，分別都是我的一半再一半──我實在沒有料到，會在這種時候接二連三發生事情。」

舞舞子竟然能把自己分成好幾份，那究竟是怎麼做到的？她腳邊的影子看起來比較淡，原來就是這個緣故。露子在訝異之餘，終於想起要告訴舞舞子先前在圖書館通道上發生的事。就在她開口的那一刻──

喀。書櫃的陰影處傳來書本被拿起來的聲響。露子和莎拉嚇得縮起身體，心想：該不會是市立圖書館裡的詭異存在，追著她們來到這裡了吧？

不過書櫃對面的某個存在，只是放輕力道咳了一聲，沒有顯露自己的身影便開口詢問。

「那個……不嫌棄的話，要不要我傳授立刻治好滅絕感冒的方法？」

四　本莉露

一位看起來跟露子年齡相仿的人類女孩，從門口附近的書櫃陰影處悄悄探出頭來。

「噢，天啊，歡迎光臨。我竟然沒有發現客人來了，真是不好意思。」

舞舞子慌慌張張的用手撫著臉頰，不過她的動作和語氣與其說是慌張，感覺更接近對待露子她們的那種親切。

「沒關係，我喜歡安靜的看書。」

女孩害羞的低下頭，白皙的臉頰染上了粉紅色的紅暈，綁成兩條辮子的頭髮帶有鯰魚背部的顏色，充滿光澤的晃來晃去。在露子平常生活的世界裡，像她這樣的女生隨處可見。

說是這麼說啦，但她的打扮還是很奇特。宛如包頭巾的黑白條紋大帽子，搭配上同樣是黑白條紋的裙子，讓人聯想到馬戲團裡的小丑。反倒是雙腳正常的套著長靴這一點，看起來跟她的服裝很不搭。

看到陌生女孩突然出現，莎拉緊張得僵直了肩膀。露子扶著妹妹的背，以免她從椅子上摔下來。

女孩拿著一根細長的棒子。如同單薄木條的棒子，長度比女孩的身高還要長，呈現出褪色的象牙白。那似乎是一根手杖，手杖頂端彎來彎去，歪歪扭扭的捲成漩渦的模樣。

「露子、莎拉，我還沒跟妳們介紹過吧？她是『下雨的書店』的新常客，從前陣子開始便經常光顧，古書先生也高興得不得了喔。

我介紹妳們認識一下。這兩位是人類女孩露子和莎拉，然後這位是——」

隨著舞舞子的介紹，女孩用雙手輕輕舉起前端扭曲的手杖。

「妳們好……我是本莉露。」

她細小的聲音有點沙啞，像是吃了太多砂糖卡到喉嚨似的。這位自稱本莉露的女孩（這裡的人名字到底為什麼都這麼奇怪？露子心想），低下戴著大帽子的頭，向露子她們鞠躬致意。

「對了，本莉露，妳剛才說的是真的嗎？」

舞舞子突然換上認真的表情，開口詢問。給人害羞印象的神祕女孩轉了轉眼珠，然後點點頭。

「是真的。我之前聽說，想馬上治好渡渡鳥的滅絕感冒——」

本莉露話才說到一半，一顆特別大的雨滴就正中她的鼻尖。露子抬頭往上

看，照理說，她們頭頂上應該是「下雨的書店」的明亮天花板才對，但是不知道從什麼時候開始，天花板上出現了一片不停打轉的灰色烏雲，而且雲裡還掉下了某個方形物體。

咚！雲裡掉下來腳部分是白色斑點花紋的木屐。為什麼會出現這種東西……就在露子深感納悶，打算再次抬頭往上看的時候，這雙木屐的主人從雲上掉了下來。

「啊，哇、哇、哇、哇……」

不得不說，幸虧店內的地板長滿了青草。砰咚一聲，木屐的主人穿過小小的雨雲，頭下腳上的摔落在「下雨的書店」的地面。

這個人按著硬生生撞到地面的鼻子，不斷發出呻吟。露子和莎拉認出是誰之後，全都睜圓了眼睛。

「電電丸！」

身穿灰色和服，看起來像松鼠尾巴的頭髮綁在腦後——這個人就是雨童電電丸。

「哎呀，電電丸！你這是怎麼回事？」

舞舞子跟雨童是親戚，她把手搭到電電丸的肩上。現在他的丸子鼻腫得紅通通，圓滾滾的眼睛還泛著淚水。

「火、火、火山胡椒！」

電電丸一開口就大喊，舞舞子不由得愣了一下，露子則趕緊查看古書先生的狀況，生怕他被吵醒。不過古書先生仍然裹在雲朵棉被裡，拋下威嚴呼呼大睡。

「兩個妹妹，不好意思啦，今天我沒空作客，下次再買糖果給妳們啊。」

電電丸向露子她們打過招呼後，隨即重新看向舞舞子，用催促的口氣說話。

「舞舞子，放任渡渡鳥的感冒不管好像不太好。我從妳的信裡得知消息後，便到處打聽滅絕感冒的事情，然後聽說最有療效的就是火山胡椒。這種胡椒能在火山口採到，把它撒在料理上吃下去，馬上就能藥到病除。這種感冒要是不趕快治好……」

說到這裡，電電丸為了避免被露子她們聽到，於是彎腰湊近舞舞子，壓低音量說話。不過他大概不太擅長講悄悄話，接下來說了什麼還是被聽得一清二楚。

「其實在很久很久以前，渡渡鳥好像曾經把裂縫世界的生物統統毀滅過。這件事妳沒聽說過吧？沒聽過也很正常，就是因為出了這麼離譜的事，渡渡鳥公會才會成立。我不知道他們是怎麼做到的啦，總之那個時候，渡渡鳥公會好像把那場大滅絕弄得像是沒發生過。聽說是公會裡一個可怕的渡渡鳥婆婆，把世界的時間調回去一點，讓大家忘掉滅絕詛咒。」

滅絕物種渡渡鳥，為了幫助在裂縫世界存活下來的同伴，成立了渡渡鳥公會。電電丸提到的那位渡渡鳥婆婆——永恆女士，曾受古書先生之託，助露子她們一臂之力。

「不、不過電電丸，你就是來告訴我這件事的嗎？」

舞舞子受到驚嚇，聲音不停的顫抖。電電丸則像是個會擺頭的紙玩偶，頻頻點頭如搗蒜。

「嗯，要是就這樣放著不管，不僅他的感冒不會好，這個裂縫世界也會真的完蛋。我們無論如何都得阻止這種事情發生。」

始終緊握手杖、靜觀事態發展的本莉露，帶著幾分遲疑加入談話。

「其實我本來也打算說同樣的事。」

在她開口說話之前，電電丸只注意到露子和莎拉，所以當他發現第三位女孩時，著實大吃一驚。他轉動圓滾滾的眼睛，原本嘟嘟的嘴脣嘟得更尖了。本莉露臉頰上的粉色紅暈，好像變得比剛才更大。

「我聽說火山胡椒是只對古老生物有效的感冒特效藥，據說它的原理是讓病患打出很大的噴嚏，藉此一口氣把感冒吹出去。舞舞子，這方法行得通嗎？如果帶著這位雨童，有辦法採到火山胡椒嗎？」

即使如此，舞舞子仍然無法做出決定。她像是抓著什麼似的交握雙手，環繞在鬈髮周圍的珍珠顆粒也像逃竄般飛來飛去。

「這下麻煩了……如果電電丸說的是真的，勢必得馬上去渡渡鳥公會請求協助。即使要用火山胡椒治療感冒，也要考慮到如果發生什麼萬一，光靠我們是沒有辦法解決的。可是……唉，該怎麼辦才好？現在的我只有四分之一，就算出示古書先生的羽毛，也不知道公會願不願意承認我是『下雨的書店』的助手……」

渡渡鳥公會確實會為同伴提供幫助，但是公會的入口戒備森嚴，如果拿不出確切的證明，即使是渡渡鳥本身也會不得其門而入。

「就算告訴公會，那也只是開始尋找火山胡椒的第一步。舞舞子，那樣來得及嗎？」

本莉露搖了搖頭，她頭上的黑白條紋帽也跟著左右搖晃。

「不過……就算真的決定走一趟，書店該怎麼辦？」

露子的心情忐忑不安，但看到舞舞子滿面愁容，終於忍不住開口說：

「我、我可以留在這裡看店！在你們回來之前，我跟莎拉會留在這裡。」

「可、可是妹妹，沒人知道這一趟要去多久喔。我是會用雨雲快馬加鞭的直衝過去，但是就算這樣，搞不好還是會花上好幾天的時間。」

莎拉擔心的抓住露子的雨衣袖子。舞舞子他們這一去，可能就是好幾天，但是她們可沒辦法待在這裡那麼久。

就在這時，舞舞子的兩個精靈牽起手，在空中雙腳併攏，立正站好。

「書芊！」

「書蓓！」

舞舞子看到兩個精靈挺身而出，睜圓了眼睛。

「哎呀，你們兩個要幫忙看店嗎？」

書芊和書蓓緊閉著嘴，藍寶石色的大眼睛透出一閃一閃的光芒。露子、莎拉和電電丸有些遲疑的面面相覷，最後舞舞子彷彿要吹散堆積在心中的不安，輕輕的嘆了一口氣。

舞舞子用黃昏色的眼睛，直視自己的精靈。

「書芊、書蓓，我明白了。在我們回來之前，『下雨的書店』和古書先生就拜託妳們了。妳們擁有一半的我，應該會比只有四分之一的我更能幫上店裡的忙。」

聽了主人的話，書芊和書蓓一起鄭重其事的點了點頭。

舞舞子讓電電丸拉著她的手，登上浮在空中的雨雲。雨童乘坐的雲朵非常牢固，連人和書櫃都載得動。

電電丸沒有浪費一分一秒，直接讓雨雲慢慢前進。在雨雲搖搖晃晃即將出發之際，舞舞子從雲上探出身體，逐一看向露子她們。

「露子、莎拉，還有本莉露，不好意思喔。等我們回來，古書先生恢復精神後，大家再一起享用好喝的下午茶吧。」

深灰色的雨雲上升到天花板的高度，隨後就像龍捲風一樣「咻」的旋轉起來，從店內消失得無影無蹤。留下的雨滴透出瑩瑩晶光，好像在代替他們向大家道別。

店裡突然安靜下來，只剩古書先生的打呼聲依舊響個不停。宛如在深夜裡被留下來看家，不安湧上了露子和莎拉的心頭。她們牽著手，杵在原地不知所措。

「好了，那麼——」

突然間，本莉露晃著兩條鯰魚色的辮子，看向露子她們。

「我們也走吧？」

本莉露握著手杖，歪著頭這麼說。露子見狀，立刻擋在莎拉面前。本莉露先前仰望舞舞子露出的害羞神情，現在已經不見蹤影。此刻的她，正用被拋棄人偶般的空洞表情，看著眼前的姊妹倆。

「妳、妳在說什麼啊？我們才不會跟妳走。」

儘管露子有些慌張，但她還是鼓起勇氣，瞪著眼前這個年齡和身高跟自己相仿的人。

但是本莉露似乎完全沒有把話聽進去，而是舉起彎彎曲曲的手杖。書芊和書蓓在空中牽著彼此的手，把身體縮得小小的。

本莉露的手杖看起來既像扭曲的細長木棍，又像怪異的山羊角，而且手杖的頂部打了個如同傘柄的彎，所以也像是個大大的問號。

「妳們看到『剩餘者』了吧？他們說了什麼？對妳說了什麼？他們怎麼逃出來的？那些『剩餘者』應該待在餐盤上才對啊。」

本莉露倚著問號手杖，一口氣連問了好幾個問題。她的瞳孔轉為黃綠色，接著又轉為紫色，感覺就像是惡毒的信號。

露子突然拉起莎拉的手，打算奪門而出。不過就在那個瞬間，本莉露已經把細細的手杖高舉過頭。

「跟我走……去見天候大納言[2]大人。」

隨著她微弱得幾乎快聽不見的聲音，纖細尖銳的手杖頂端開始轉動起來。強風瞬間灌進書店，捲起劇烈的漩渦。露子她們的身體被強風抬起，腳尖懸浮

2　日本古代律令制度下的高等官位。

在空中。事情發展到這個地步——這種事在裂縫世界算是家常便飯——露子只能閉上眼睛，做好下次睜開眼睛就會身處異地的覺悟，並且死命抓緊莎拉的手，就算緊握到手掌發疼，她也絕不放開。

五　黑暗的大隧道

露子睜開眼睛時，發現自己身處在一個宛如巨大隧道的地方。

隧道的牆上，密密麻麻的刻著魔術般的細緻雕刻。太陽、龍、背著穀物的人、拿著手杖的魔術師、舉著火把的巨人、船、蝴蝶、大嘴巴的怪物、暴風雨和星星……這片環繞在牆上漫無邊際的刻紋，自顧自的緩緩移動著，彷彿幾千年來一直反覆著無人知曉的圖畫故事。如果仔細觀察牆上的刻紋，會發現這些石雕圖案的濃厚陰影，像蟲一樣不斷蠕動。這些蠢蠢欲動的影子和詭譎圖畫，永無止境的訴說著古老得超乎想像、無法得知的故事。

這個隧道沒有天花板也沒有地板，四周環繞的牆壁形成一個巨大圓筒。那麼露子站在什麼地方呢？其實現在的她，根本沒有辦法「站著」。

隧道內的空氣讓人類小孩能夠輕而易舉的飄浮在空中，並且不斷把她們送往前方陰暗的深淵。露子和莎拉像小魚一樣飄浮著，被強烈的氣流吹得團團轉。要不是她們牽著手，兩個人早就被吹得各分東西了。

「妳們不會飛嗎？」

本莉露在氣流中自由自在的飛行，她握著手杖，轉頭詢問露子和莎拉。她不像姊妹倆被晃動的氣流弄得翻來覆去，而是像人魚或精靈一樣輕飄飄的在空中飛舞。多虧本莉露的身體微微散發出光芒，露子才能看出隧道內的模樣。本莉露看起來簡直就像是精靈，但她不像書芊、書蓓是那種可愛親切的精靈，而是那種在陰森居所等待災禍發生，讓人絲毫不想扯上關係的精靈。

不管露子想說什麼，話語都沒辦法順利迸出喉嚨。黑漆漆的恐怖隧道，以及在這種地方還心不在焉看著別處的本莉露，都讓她嚇得失去了勇氣。

隧道前後都陷入一片漆黑，完全看不見出口。

（怎麼辦，我們一定會被帶去很可怕的地方，例如：專門烹煮大惡魔飲食的地獄廚房⋯⋯）

露子的想像，讓她不由得吞了一口口水。

話說回來，那個綁辮子的女孩到底要對自己做什麼？以露子的立場來說，對方是完全不認識的陌生人，自己應該也沒做過惹她生氣的事情。不管怎麼樣，她得想辦法和莎拉一起逃出這裡，回去「下雨的書店」⋯⋯

這時，一直沉默不語的莎拉，突然用高亢的聲音大喊。

「壞心的大姊姊，人家討厭妳！」

露子大吃一驚的轉頭看向莎拉，本莉露也睜大眼睛露出驚訝的表情。因為恐懼而淚眼汪汪的莎拉，用力的皺緊眉頭，全身散發出怒氣。

「人家跟姊姊要回家！才不要跟壞心的大姊姊走！」

本莉露聽得皺起眉頭，連眨了好幾次眼睛，思考莎拉的意思。

「那不是由妳決定的。」

她只用一句話來回應莎拉。那語帶威脅的話語，讓人不禁心頭一緊。不過莎拉並沒有向姊姊求助，而是激動的回嘴。

「人家跟姊姊是一體的！人家很聰明，我們已經決定要回家了！」

本莉露在歪著頭思考的期間，看向伸手不見五指、一片漆黑的另一端……

「妳們不是一體啊，露子是露子，妳是妳吧？啊，還是妳要去其他地方嗎？妳當初為什麼要跟來？」

「喂，妳先等一下！」

露子意識到自己硬生生打斷兩人的對話時，立刻為自己不經思考便大吼感到後悔。但是再這樣下去，莎拉是說不過本莉露的。

露子大吼之後，體內的怒氣也開始不斷湧現。她今天本來就沒有打算要去圖書館，更不用說是「下雨的書店」了。外頭下著那種傾盆大雨，她原本就打

算要整天待在家裡把拼圖拼完，結果她們先是被身分不明的東西追著跑，接著又碰到得了滅絕感冒的古書先生，現在又要被莫名其妙的女生帶去不知名的地方。

「我受夠了，這到底是怎麼回事啦！我們要回家，沒空跟妳在這裡耗。」牆上精細石雕的暗影，蠢蠢欲動的看著憤怒大吼的露子。在場數萬雙眼睛，直盯著這些嬌小的女孩看。

三人之中，只有穿著奇特服裝的本莉露周身散發出微光。她晃動著鯰魚色的辮子，眼睛透出藍色的光芒。

「妳們回不去吧？妳們得跟著我走，畢竟妳們沒辦法靠自己飛起來。」

她明明不是用嘲弄的語氣說話，話語卻像是一隻調皮的貓咪，不停用爪子逗弄露子的心，讓露子氣得用盡全力瞪她。

「妳少瞧不起人了！只要有道具我也飛得起來，要是我有道具……」

露子的聲音逐漸變得微弱。她今天沒有把蝙蝠雨衣帶在身上。「蝙蝠雨衣」是用來飛行的道具，平常都寄放在舞舞子那裡。這個隧道的空氣雖然像水一樣有浮力可以支撐身體，但是前方……本莉露打算帶她們去的地方，有辦法在沒穿蝙蝠雨衣的狀態下通過嗎……

「我和莎拉要回『下雨的書店』。我不放心古書先生的情況，就算書芊、書蓓擁有一半的舞舞子，光靠她們兩個也不知道能不能把店顧好……再說……」

再說……星丸說不定會到店裡。如果露子她們的朋友——青鳥男孩——星丸也在場，那會讓人多麼安心啊！

「而且『剩餘者』到底是什麼？妳看起來像是有事情要找我們，但妳根本找錯人了吧？我們完全不認識妳。」

露子這麼一說，本莉露的表情出現細微卻讓人意外的轉變。她噘起嘴巴，長長的辮子無力的垂下，低垂的雙眼也變為冰冷的灰色。

「妳不認識我？不知道是怎麼回事？妳真的不知道嗎？」

本莉露冷不防的湊到她們面前，瞬間停下動作。露子和莎拉也跟著停止移動，只剩周圍的圖畫故事，不停歇的交織出影子，並且持續蠕動個不停。

面向她們突然停止的本莉露，如同黑白相間的小小影子。她手中扭曲的白色手杖，上頭的不祥問號在黑暗中飄浮起來。

本莉露似乎想到了什麼，她微微舉起手杖說：

「這是一枝筆。我會用這枝筆寫字，這樣一來，就能使用魔法。那些『剩餘者』是怎麼稱呼我的？」

她發問完，鯰魚色的辮子瞬間就像蛇一樣彎曲起來。

「所、所以說『剩餘者』到底是什麼？」

露子的聲音忍不住顫抖起來。

「妳們不是看到了嗎？就在裂縫世界之外，在妳們所處的那個世界。『剩餘者』不是去到妳們那裡了嗎？他們不是穿過世界的分界線了嗎？妳們沒有聽到像是沼澤魚類、四足小蟲，或是不會飛的鳥類聲音嗎？」

本莉露一邊說一邊改變自己的聲音。她的聲音先是變得如同剛從水中上岸般模糊不清，接著變得嗓音破碎、乾燥嘶啞，又變得像快壞掉的玩具笛聲一樣高亢尖銳……這就是露子和莎拉在市立圖書館通道上聽到的聲音，屬於某種存在說話的聲音。

最後，本莉露用自己的聲音問她們。

「那些『剩餘者』是怎麼稱呼我的？」

她的聲音聽起來就像是花了長達數百年等待回答的亡靈。露子無法輕描淡寫的給出答覆，也無法表現出多大的驚訝。

「我記得好像是『自在師』……」

本莉露色彩奇特的雙眼，染上了帶有魄力的銀色。鯰魚色的辮子上，也纏繞著閃亮的藍白色靜電。

「對，我是自在師。因為是自在師，所以我不存在於任何地方；因為不存在任何地方，所以才能在這個世界使用各種魔法。」

她一說完，頭髮上的靜電急速竄到手杖上。本利露將手杖高高舉起，這時隧道內的黑暗也朝她的手杖蜂擁而至。

「好了，妳們跟我來吧。『剩餘者』逃跑，讓天候大納言大人深受空腹之苦。區區兩個人類少女，只要一口就吃完了。」

有如歪曲骨頭的手杖前端，開始在空中書寫看不見的文字，就在這時——

「莎拉跟姊姊要回家！」

先前一直默默瞪著本莉露的莎拉，突然激動的大吼大叫。她不顧被自己的音量嚇到的姊姊，發出連空氣都為之撼動的聲音。

「飛出去吧！」

露子一時之間無法理解莎拉到底喊了什麼。她和莎拉的身體無視隧道的空氣流動，像彈簧一樣往旁邊飛了出去。不知道什麼時候，莎拉的左手多了一把用純白鳥羽做成的小傘。

「啊！」

露子放聲尖叫，她和莎拉就這樣被白色的傘帶著，以快如沖天炮的速度飛向某個地方。

隧道的牆壁軟化得像影子一般，為兩個小女孩開啟道路。現在她們沒有時間害怕在石雕陰影中蠢蠢欲動的黑暗，她們從石壁上的神明耳邊呼嘯而過，穿越伸手不見五指的漆黑世界，一個勁的飛出去。

「莎、莎拉，那把傘是怎麼回事！」

莎拉的小手緊握著羽毛傘的傘柄，回答姊姊的問題。

「人家用了『夢之力』！在裂縫世界能用想像力做到任何事啊。那個大姊姊壞壞，人家討厭她！」

露子目瞪口呆，她不敢相信自己的腦袋居然完完全全打結了。

她怎麼會把使用「夢之力」這件事忘得一乾二淨！在這個裂縫世界中，人類的「夢之力」——也就是想像力代表了一切。只要能運用想像力，不論是要搭裝飾用的小火車移動，讓模型鯨魚或大象活起來，還是從書裡把「閃電蛇」、「睡蝶」拿出來，統統都辦得到。

露子感覺自己的胃不停翻攪。自己身為姊姊，卻只是一味害怕那個叫作本莉露的女生，完全沒有動腦思考該怎麼辦……而且自己明明比莎拉更熟悉裂縫世界，記得這麼重要事情的人卻是莎拉。

本莉露說不定已經追上來了，但是兩人沒有閒工夫去確認。羽毛傘把速度提升到和子彈一樣快，帶著她們前進。由於飛行速度實在太快，傘的周圍甚至還噴出了熾熱的火花。

「欸，莎拉，我們要去哪裡？」

為了讓莎拉聽見，露子拉開嗓門大吼。在令人難以置信的飛行速度下，四周的景色看起來就像是藍色的影子。她們可以確定目前已經逃離那個巨大的隧道，但是隧道外是什麼樣子，會通到什麼地方，露子她們根本不知道。

莎拉似乎回答了什麼，但是露子並沒有聽清楚。

「什麼？」

露子再次拉開嗓門提問。這一次，莎拉轉頭看向姊姊，她的臉皺成一團，好像快哭出來了。

「我不知道……」

露子聽見妹妹語帶哽咽的聲音，因為羽毛傘的速度在這個時候急遽下降。

突然間，羽毛傘自動收了起來。露子和莎拉就這麼手牽著手，開始朝地面墜落。不過她們只下墜了短短一瞬間，便被看不見的墊子包裹，輕飄飄的降落到地面。突如其來的著陸和久違腳踏實地的觸感，讓她們有些站不穩，必須拉住彼此的手才能維持平衡。

一望無際的淺色沙漠，在星空下擴展開來，露子和莎拉正好站在水源和綠色植物環繞的綠洲旁。燈火通明的摩天大樓倚靠著清泉，茂盛的植物散發出陣陣濃郁的蜜香。

姊妹倆有些頭昏眼花，帶著朦朧的意識查看四周。這時，有人似乎早已等候多時，出聲向她們搭話。

「誠摯歡迎您的到來。鳥公主殿下，這邊請。」

六　鳥公主的天傘

前來迎接露子和莎拉的人，模樣簡直怪異至極，連能不能用「人」來稱呼都是個問題。這個人的身體穿著蠶豆色和藏青色的高雅衣裳，頸部以上卻不是人類，而是披覆黃綠色羽毛的鸚鵡。他堅硬的鳥喙在前端彎出弧度，看似蘊藏著智慧的黃色雙眼，彷彿是澄澈無瑕的玻璃珠。

「我已恭候公主殿下多時，這一刻真是叫我望眼欲穿。」

露子和莎拉依然牽著彼此的手，即使這位鳥人上前搭話，她們也答不出一個字。

她們究竟來到了什麼地方？她們應該要回去「下雨的書店」，還有位在外面世界的家才對啊。

這個鸚鵡人用手指向綠洲，向瞠目結舌的露子和莎拉提出邀請。

「來吧，鳥公主殿下，請往這邊移步。我們準備了豐沛的清水，以及任您盡情享用的水果。」

露子和莎拉面面相覷。她們的頭髮凌亂不堪，面容也因為驚嚇和疲勞，看起來像睡過頭後剛醒來一樣憔悴。

「請、請問這裡是哪裡？你說的鳥公主又是誰？我們是……」

露子好不容易才開口說話，鸚鵡人卻迅速俐落的打斷她。

「鳥公主殿下，請問那位是您的新侍從嗎？想不到您的侍從居然是人類，這可真是罕見。您要帶她一同前往也沒有問題，我這就去準備轎子。」

鸚鵡人說完，便發出「啵——」的鳥叫。接著，有如明鏡的清泉深處，無數的腳步聲伴隨著鈴聲，從金色的石階拾級而下。茂密的綠色植物裝飾著階梯，象牙色的花朵綻放其中。一群鳥人從花朵的另一端出現，他們扛著華美的金色轎子靠近這裡，轎子上垂掛著數量多到數不清的大大小小鈴鐺，發出悅耳又深邃的音色。

貓頭鷹、鵜鶘、鷺鷥、烏鴉、伯勞——鳥人頸部以上的樣子五花八門，但是穿著蠶豆色和藏青色衣裳的身體則清一色是人類的模樣。

這群鳥人不發一語的把轎子抬過來，膝蓋跪地後停止了動作。由眾多手臂扛起的轎子上裝飾著精細的黃金工藝品，並放有深紅色的坐墊。

「鳥公主殿下，請上座。」

鸚鵡人畢恭畢敬的向莎拉鞠躬。他們只對莎拉展現恭敬態度，卻對露子視而不見。

莎拉不解的抱住露子的手臂。鸚鵡人見到她的舉動，不禁笑了出來。

「歡迎、歡迎，您的寵物也請上座。」

「她是人家的姊姊，才不是什麼寵物。」

莎拉出聲抗議，但是鳥人只露出令人費解的笑意，等待他們的貴客上轎。

「莎拉，現在先配合他們吧。」

露子對莎拉悄聲說。莎拉臭著臉抬頭看向姊姊，像是在問「為什麼?」，但是露子只是蹙起眉頭，對莎拉輕輕搖了搖頭（這個動作是「閉上嘴巴，乖乖聽話」的暗號）。

莎拉小心翼翼的先用一隻腳跨上轎子，接著才換另一隻腳，露子也隨後坐到她的身邊。兩人原本擔心穿著長靴直接上轎會不會被責備，不過從鳥人的臉色看來，他們不僅一點也不在意，甚至還露出滿意的表情。

轎子起駕後，一行人再次登上剛才步下的階梯，往未知的地方前進。鏘啷、鏘啷、叮鈴叮鈴——鈴鐺傳出多部合唱，轎子也隨之輕輕搖晃。

這棟聳立在綠洲中，包覆著綠色植物和豔麗花朵的建築，究竟是城堡還是寺院呢?迴廊、窗戶、圓屋頂和高塔彼此層層疊疊，不斷的往上延伸。

舉目可見的牆壁和天花板，上頭都開著無數小洞，乍看之下像是讓人毛骨悚然的蟲窩，不過那其實是用非常細的線，仔細連接起來的星座圖。這座布滿星座圖的建築，彷彿是一棵和眾多植物一起朝夜空伸展的巨樹。

一行人總算來到水路環繞的四方形中庭。中庭的石板路散發出朦朧的溫暖光芒，為夜晚增添了一絲明亮。庭院中央擺放著大型餐桌，以及足夠所有人入座的座椅。先前鸚鵡人提過的飲食，已經放在餐桌上默默歡迎賓客享用。

鳥人們再次雙膝跪地，卸下轎子。露子和莎拉一下轎踏上中庭，便感受到這裡的空氣有多麼清澈，而且還嗅得到甘甜香氣呢！

她們在催促下坐到餐桌前。莎拉坐在上座，旁邊有兩個角海鸚鳥人隨侍在側，露子則被安排坐到他們旁邊的小椅子上。

擦得晶亮的餐桌上放著金色杯子，還有堆出一座水果小山的銀色容器。角落放著占地遊戲的棋盤，但露子和莎拉完全不知道那個遊戲該怎麼玩。

「來，請您盡情享用。」

杯中滿到快要溢出來的清水，感覺前所未有的美味。裝滿水果的容器裡放了桃子、李子、鈷藍色的葡萄、金黃色的芒果，以及帶有紅色和銀色果粒的石榴，個個像極了珠玉寶石。

「這是沙漠桃。」

莎拉咬了一口泛著微微淡紅色的飽滿金色桃子。在一旁伺候的角海鸚侍女，隨即開口向她介紹。

「好好吃！」

莎拉的眼睛立刻亮了起來。露子也喝了沁涼的清水，她們此刻都非常疲憊，喉嚨也乾得要命。

「沙漠桃只能在圍繞著鳥國的沙漠採摘到，是相當罕見的水果。也有人為了尋找沙漠桃，不惜千里迢迢來到這裡。」

角海鸚侍女親切的說明。

露子指望這位侍女會搭理她，於是稍微把身體傾向餐桌。

「抱歉，我想請問一下。莎拉……也就是這個人，為什麼是鳥公主？」

兩位角海鸚侍女聽到露子的問題，驚訝得面面相覷，並且連連歪頭表示不解。

「公主殿下，您的侍從是不是說了什麼？」

這兩位侍女竟然委婉謹慎的轉為詢問莎拉。莎拉拿著吃了一半的桃子，露出滿頭問號的表情。露子別無他法，默默對妹妹點了好幾次頭（意思是「趕快回答她們」）。

「嗯，這個嘛，姊姊在問為什麼人家是鳥公主？」

坐在餐桌旁的鳥人，不約而同的笑了出來。露子和莎拉搞不懂這到底有什麼好笑的？不過鸚鵡人用杯底鏗鏗鏗的敲了幾下餐桌。

「這裡是我們鳥人的國度。我國受到豐沛水源的恩賜，其他地方則被無邊無際的沙漠包圍著。會對我們產生威脅的存在，根本不會來到這裡。雖然有為了尋求沙漠桃而來到此地的人，但那也是數年才來一次深明事理的商人。」

鸚鵡人用平穩的聲音回答。

「再來，我們鳥國每隔五年就會誕生一位鳥公主。在這個鳥人無法飛翔的國度，只有公主殿下從出生就具備飛行能力。鳥公主殿下會抱著用白色羽翼做成的傘從蛋裡出生，我們就是憑藉那把傘認出鳥公主的。能夠操作用高貴羽翼製成的天傘，這種人就只有鳥公主殿下了。」

（這些鳥人全都誤會了。）

露子和莎拉默默的對望一眼。莎拉那把傘，是不久之前用「夢之力」做出來的，它沒有「天傘」這個名字，也不是模仿鳥公主的傘，而是莎拉憑藉自己的想像力創造出來的。

「你剛剛說每隔五年就有鳥公主誕生，請問之前的鳥公主在哪裡呢？」

露子抱持著可能又會被忽略的心理準備開口詢問，不過叫人意外的是，這次鳥人們居然全都在一瞬間怔住不動，變得像剝製標本一樣生硬，讓露子和莎拉嚇了一跳。

最先恢復動作的是灰喜鵲鳥人。這個人顫抖著小小的鳥喙，雙手捂臉，開始哇哇大哭。

「我可憐的前公主殿下！」

接著烏鴉鳥人握緊拳頭，像在忍受什麼不愉快回憶似的，勉強擠出聲音。

「前任鳥公主殿下在執行使命的途中被誘拐。她還那麼年幼，實在太不幸了。」

鸚鵡鳥人接著說下去。

「鳥公主的使命是『偵察』。唯一能在天空飛行的鳥公主殿下，會從上空看守有沒有威脅我國的可疑分子出現。前任鳥公主殿下也是在誕生之後沒有多久，便肩負起這項使命。她用天傘乘風在空中飛舞的姿態是多麼輕盈啊，然而……她在執行使命的途中被自在師帶走了。」

「咦？」

露子和莎拉睜圓了雙眼，忍不住發出聲音。

鸚鵡人繼續說明，沒注意到她們在聽到自在師時展現出訝異的表情。

「前任公主殿下的偵察力，在鳥公主當中可以說是格外優異。她不但能看到很遠的地方，還很清楚沙漠裡的蠍子、狐狸這些非鳥人的生物行為模式。」

鵜鶘人張開大大的鳥喙，接續這個話題。

「沒錯，公主殿下預測沙漠的動向時，像極了在預測星象。她曾經提早整整兩個月，就察覺到會有沙塵暴來襲。可是……她偏偏就是沒注意到自在師會來。」

「無論是誰都無法預測到自在師的行動。更何況，我們幾千年來都依靠預測星象過活，那種事根本就……」

貓頭鷹人的話語模糊又微弱，而且還因為憤怒而顫抖著。鸚鵡人的黃色眼眸中，也帶著悲嘆的神情。

「自在師是召來異變的存在，他們會突然介入我們遵守的規矩和事物的自然變化，硬生生改變流程。粗暴的程度就好比火山噴發吧。」

「不不不，怎麼能用火山那樣偉大的事物來比喻，自在師簡直就是扭曲秩序的惡魔。」

烏鴉人頸背的羽毛在一瞬間豎了起來。

「可、可是自在師不是女生嗎？就像魔法師那樣……」

鳥人們無聲的憤怒使露子陷入混亂，但她還是這麼問道。鸚鵡人聽了用手抵住下巴，稍微思考了一會兒。

「誘拐前任公主殿下的自在師，確實是呈現出人類少女的姿態，但那並不是自在師真正的樣貌。所謂的自在師，指的是出現在不同時代、不同地點，操縱魔法使世界發生變化的力量。操縱力量的人沒有固定樣貌，據說他還曾以死神的模樣出現過。」

「自在師根本就是帶來毀滅和不幸的瘟神。」

貓頭鷹人帶著嘆息吐露心聲，原本安安靜靜的其他鳥人也紛紛你一言我一語的發表意見。

「就是說啊，那個專門製造災厄的傢伙。他跟我們的公主殿下到底有什麼仇啊？」

「從來沒有一個星座顯現出我們的罪過。即使如此，自在師還是誘拐了公主殿下，可見他是打算要毀滅我們。」

「最該從這個世界驅逐出去的，明明就是自在師才對。」

鳥人們像在威嚇看不見的敵人，紛紛開始躁動起來，唧唧、啾啾、吱吱喳喳的鳥叫聲此起彼落。

他們把本莉露說得實在太難聽，露子感覺有點不太舒服。本莉露的確是個既詭異又恐怖的女生……但也不用這麼口徑一致的把她妖魔化吧？

鸚鵡人舉起手，要大家先鎮靜下來，隨後，他用平靜、悲傷的語氣對莎拉說：

「新的鳥公主殿下啊，鳥國失去了前任公主殿下，目前正走向無聲的破滅之路。我們的書庫遭到破壞，果樹園失去了一半，被毒所傷的同伴層出不窮，再這樣下去，藥品將會消耗殆盡。少了公主殿下的偵察能力，大家都會被潛藏在沙漠中的蠍子和蛇襲擊。」

莎拉臉色鐵青，剛剛吃到一半的桃子從她手中掉到桌上。露子聽到鳥人們嚴峻的現況，整個心頭涼了一截。他們的國家因為自在師擄走鳥公主，少了負責偵察的角色，因而面臨外敵侵擾。

「我們在這個綠洲中，純粹是靠預測星象和照顧植物過活，沒有能力和蠍子、蛇或狐狸戰鬥。而且我們這些鳥人不會離開綠洲，所以也沒有野獸會把我們當成獵物。在鳥公主的守護下，鳥國曾經是個安泰之地，然而……現在秩序已經被破壞了。」

恐懼在露子的耳朵深處不斷冒泡，布滿建築物牆面的星座圖，似乎都在監視她們。

「如今飢餓已經緩解，還請您即刻執行使命，從空中偵察敵人，肩負起鳥國的命運。」

露子和莎拉「喀嗒」一聲推開椅子，從座位上站了起來。鳥國根本不是什麼安全的地方，而是個被拋棄在危機重重沙漠中的鳥籠。這個鳥籠的柵欄還很破爛，要是沒有人看守，把鳥視為獵物的敵人隨時都能闖進去。

不僅如此……露子和莎拉目前所在的中庭也跟鳥籠一模一樣。莎拉兩側各有一位宛如石像的角海鸚侍女在待命，餐桌周圍也被其他鳥人簇擁著，根本沒有逃跑的空隙。

如果沒有接受他們的水果和清水就好了。露子對此後悔不已，這才發覺自己上了鳥人們的當，內心如野獸般狂暴起來。

「好了，出發吧。」

鸚鵡人從座位上起身，兩位角海鸚侍女也環扣住莎拉的手臂隨之站起。

「討厭！先等一下，人家才不是公主！」

莎拉拚命喊叫，但是鳥人們似乎沒有要理會她的打算。眼見莎拉即將被帶走，露子連忙追了上去。

「就說莎拉不是公主了，不要對她亂來！」

露子的制止沒有發揮作用。鸚鵡人和角海鸚侍女不斷往前進，其他鳥人也成群結隊的跟在露子身後。

不知道爬了多少級階梯，穿過多少條走廊，他們走過大廳和小房間，接著又開始爬樓梯。最後，一行人來到狹窄得只能勉強讓一個人通行的螺旋階梯，眼前剩下的就只有不斷往上爬了。

露子有好幾次都想把這一切當成是自己在作惡夢。她追得上氣不接下氣，套著長靴的雙腿幾乎要不聽使喚，但她還是拚命的追著莎拉。

被角海鸚侍女帶著走的莎拉，來到位於建築物最高處的陽台。以陽台來說，這個地方可以站的空間實在太過狹小，而且周圍也沒有欄杆。沒有門扉的出口直接通向沙漠的天空。

「好了，公主殿下，請飛吧。」

強風不斷吹拂莎拉的頭髮，讓她的呼吸變得急促。這個地方非常高，夜空中有如細緻刺繡的星星，彷彿就在她的面前呼吸。莎拉不安的轉頭看向鸚鵡人。

「人家不看著的話，就會有可怕的東西來這裡嗎？這裡會有人受傷嗎？」

鸚鵡人沉重的不發一語，向莎拉點了點頭。

「我們相當渺小，如果沒有鳥公主殿下偵察守護，便無法活下去。」

「莎拉，這些鳥人會怎麼樣跟我們沒關係吧？誰叫他們這麼自私……」

露子聲音沙啞，所以鳥人們似乎沒有聽到她在說什麼。

這次換成莎拉蹙起眉頭，凝視著露子的臉。露子明白妹妹已經開始同情鳥人，所以不會回應她什麼暗號。如果沒有人負責偵查，鳥人就沒辦法讓自己遠離蠍子和蛇造成的危險……而且鳥人深信，能肩負這個重大使命的人，就是他們眼前的莎拉。

「那麼——」

莎拉轉身面對鸚鵡人，就連她套著白色長靴的腳尖也朝向他們，並且用力抬起頭。

「我會幫你們找。只要去問古書先生，他一定知道鳥公主在哪裡。但是他現在生病了，人家要趕快治好他，才能幫你們問。我們會找回鳥公主，一定會的！」

她一口氣說完，便迅速奔向露子。她的舉動太過突然，就連在一旁待命的侍女伸出手，也來不及搆到她。

莎拉一抓住露子，便拉著她筆直跑向陽台。鸚鵡人和角海鸚人驚訝的表情，從莎拉的眼角一閃而過。

「飛出去吧！」

陽台狹窄得只要走個兩步就會碰到邊緣。當腳下支撐的地面一消失，莎拉立刻舉起白色的羽毛傘，放聲吶喊。

露子抓著莎拉的手飄浮在空中，同時為她聲音中帶有的果敢態度大感訝異。莎拉的聲音聽起來凜然又充滿勇氣，就像是一位貨真價實的公主。

兩人愈飛愈高，不斷飛向和宇宙連成一色的星空。

鳥人們居住的綠洲，在她們的腳下縮小成牛奶糖盒子般的大小。到達這樣的高度後，羽毛傘開始隨風移動。這一次，羽毛傘的速度不像逃離黑暗隧道時那樣高速衝刺，而是像遠渡重洋的候鳥，四平八穩的安定飛行。

露子有種即將產生巨變的預感，所以一句話也說不出來。

（有種巨大的力量在運作，接下來肯定會發生什麼變化。雖然不知道那股力量是什麼，但是包括莎拉、周遭的其他人，還有我自己，一定統統都會改變。改變的程度非常巨大，墨守成規的事物肯定很快就會消失。）

七　林檎林加鐵路

這片沙漠究竟會延伸到什麼地方呢？在繡著複雜星座的夜空下，珍珠色的沙海看起來根本沒有盡頭。

即使抬頭望向天空，舉目所見盡是陌生的星座，分辨不出那些星星是否有在移動。離開鳥國以後，露子和莎拉便一邊飛行一邊俯瞰綿延不絕的淺色沙漠。

（不知道舞舞子他們有沒有找到火山胡椒？他們現在在哪裡呢？古書先生的狀況有沒有好一點……唉——根本沒人知道我們來到了這種地方。）

想到這裡，露子的心中便湧起想哭的衝動。

至於莎拉，她一手緊握著精緻的傘柄，另一手則緊緊牽著露子，同時望向遠在天邊的某處。她的側臉和印象中那個愛哭鬼妹妹簡直判若兩人。現在的她是個氣質高尚、內心堅定，配得上白色翅膀的少女……大概就是因為如此，鳥人才深信她是鳥公主吧……

露子懷著這樣的情緒，所以當莎拉發出熟悉的撒嬌聲時，她嚇了好一大跳。

「姊姊，快看！那是路嗎？啊，有煙！」

有一條黑色的線，在遠方的白色沙漠上延伸。由於她們現在飛得非常高，所以那條線看起來就像用尺在高級紙張上畫下的某種記號。而且就像莎拉說的，有個東西拉著細長的煙絲，在那條線上移動著。

沒有多久，兩人便看出那個東西其實就是在軌道上行駛的火車。

「是火車！」

莎拉的聲音恢復如常，露子暗自鬆了一口氣。

「我們靠過去看看吧。」

距離火車愈近，那塗滿綿長車身的深沉紅色讓她們更加驚豔。從煙囪冒出來的煙拖著長尾巴，如同礦物一般閃動著晶亮的光芒；從車窗透出來的亮光，映照著夜晚的沙漠。

羽毛傘輕飄飄的從天而降，露子和莎拉很快便與散發蜂蜜色照明的車窗齊肩。隔著車窗，能看到乘客們正在悠哉享受漫長的旅行，有人玩撲克牌，有人喝藍葡萄酒，還有人在寫遊記。不過，當他們注意到窗外突然出現兩個在空中飛行的女生，全都睜大了眼睛把窗戶打開。

嘰嘰——

火車發出彷彿天空受到擠壓的刺耳煞車聲，就地停了下來。

露子和莎拉心驚膽顫的抓著雨傘不放。她們妨礙火車行進，肯定會被臭罵一頓。

然而……從火車上出現的，竟然是一位她們作夢也想不到的人物。

火車車門先是「噗」的一聲噴出白煙，接著煙霧裡出現一個飄浮在空中的身影，看起來活像是一隻特大號的水母。那個水母老大有著蒼白的軀體，像是短短觸角的手臂，以及如鬼火般發出光芒的眼珠。他用高亢的聲音大喊：

「嗨，是妳們啊！妳們怎麼會跑來這種地方？」

露子和莎拉絕對不可能認錯這個聲音，因為這個聲音她們太熟悉了。

「靈感！」

「靈感鬼哥哥！」

從火車上出現的人物，正是在「下雨的書店」工作的鬼作家——靈感！

鬼魂把自己的身體像塑膠膜一樣拉寬，等露子和莎拉落下後，連同雨傘一起抱住她們。

「你才是為什麼會在這種地方出現啊？」

露子一從鬼魂的身上抬起頭，就迫不及待的詢問。莎拉也挺直背脊，不甘示弱的開口。

「聽人家說，我們剛才很厲害喔！」

鬼魂不知道該先聽誰說話，陷入了一陣猶豫。最後，他拍了拍莎拉的頭，安撫這對姊妹。

「我隔著窗戶看見妳們在空中飛，可是嚇了一跳呢。雖然這裡不是車站，但我還是拜託火車先暫停一下。只有妳們兩個來嗎？古書先生他們怎麼了？」

鬼魂這麼一問，露子和莎拉頓時沉默下來。她們沒料到會遇見鬼魂，所以話語一時之間在喉嚨裡打了結。她們不知所措的模樣讓鬼魂噘了噘嘴巴，但他很快就恢復笑臉，得意的「哼」了一聲。

「對了對了，我正在進行寫作之旅喔！」

鬼魂雙手叉腰，得意的整個身體往後仰。露子她們看到那副模樣，先前的恐懼和辛苦，似乎都成了比泡泡還容易戳破的過眼雲煙。

「靈感，我們想回『下雨的書店』——」

正當露子探出身體要繼續說下去的時候，有個男子急匆匆的從火車裡跑了過來。他蓄著派頭的翹鬍子，身上穿戴的衣帽都和車身一樣紅通通的，只有手套是毫無瑕疵的純白色。這個人，大概就是這輛火車的列車長吧。

「請立刻回到車上！你們這樣會影響其他乘客。還是，你們要在這裡下車呢？」

列車長豎起濃密的眉毛，氣呼呼的說。他紅色制服上的金色鈕釦閃閃發光，深色的肌膚像是撒上了一層金粉，看起來就像是剛用高溫金屬製成，尚未冷卻下來的銅像。

鬼魂嚇得身體一縮，連忙轉身對列車長低頭道歉。

「我、我要搭車，要搭車。請問……這兩個孩子也能一起搭嗎？」

列車長的漆黑眼睛瞥了露子和莎拉一眼，然後用寬闊扁平的獅子鼻像是真的噴出煙霧那樣「哼」了一聲，才將視線移回鬼魂身上。

「要搭乘是沒問題，前提是要付清乘車費用。」

鬼魂把頭低得快要全身都貼到地上了。

「行，行，那是當然的，我會付清……」

「那麼請趕快上車。天啊，已經延誤了九分二十六秒！」

列車長一邊盯著懷錶，一邊大步走回車內。

「來，我們上車吧。」

鬼魂小聲催促露子和莎拉，三人一起搭上了火車。

想不到車廂內居然擠了這麼多的乘客。有三個人並肩窩在雙人座上，還有乘客在早已被行李壓到鬆弛的網架上鋪毯子，然後窩在上面。乘客的模樣千奇百怪，還有多得滿溢到走道上的行李……車廂內簡直是個亂七八糟的玩具箱。

乘客們看書的看書，遊戲的遊戲，同時還一臉好奇的偷瞄露子一行人。車廂裡有鳥、小鬼、脖子像長頸鹿一樣長的婦女、頭上長著昆蟲翅膀的男孩女孩、胖嘟嘟的學者貓，還有專心刺繡的羊……露子和莎拉生怕和鬼魂走散，緊緊跟在他身旁，快步穿過這群奇特的乘客。

「這列火車叫林檎林加鐵路喔。」

鬼魂一邊在空中飄浮前進，一邊為露子她們解說。

「這列火車很厲害，據說只要是有地面的地方，不管它位在世界上的哪個角落都能抵達。我已經搭這列火車去過湖上市場的遺跡，看了扭扭峰和砂糖之城，還橫渡了結晶海喔。」

終於，鬼魂轉過身對姊妹倆說：

「就是這裡。」

他舉起手滑進座位，露子和莎拉也趕緊入座。天鵝絨製的座椅上只剩下一個角落還有空間，其他地方都被行李占滿了。

鬼魂把四散的稿紙硬塞進行李箱，然後把伴手禮的包裝盒和吃到一半的點心全都推向牆邊，為露子和莎拉騰出可以坐的地方。

他率先坐下，接著像彈跳似的把身體往前傾。

「究竟發生了什麼事，說來讓我聽聽看吧。」

露子入座後，先思考了一下自己該從哪裡開始講

起，莎拉則是盯著鬼魂行李內的巧克力盒猛瞧。鬼魂「唰」的打開那個盒子，把裡面的巧克力分給莎拉。

這時，行李堆頂端的火柴盒突然咕咚咕咚的搖晃起來，並且自動打開了。一隻大蜘蛛從中探出細細的腳，爬到露子她們的面前，從臀部開始吐絲……吐著吐著，銀色的絲線竟然逐漸構成了文字。

『露子、莎拉，妳們是怎麼來這裡的？』

「——舞舞子！」

沒錯，舞舞子一半的一半就待在鬼魂身旁。露子一看到蜘蛛優雅的腳部動作和美麗的銀色絲線，立刻就認出她了。

『沒錯，是我。』

蜘蛛繼續吐出新的絲線，編寫文字來回答。

『「下雨的書店」發生了什麼事嗎？』

蜘蛛絲編成的優美文字，以及字裡行間透露出的沉著溫柔，不知道讓露子和莎拉有多麼安心。

「我跟妳說，舞舞子，是這樣的——」

露子結結巴巴的把先前發生的事說了一遍。先是古書先生的感冒，接著舞舞子和電電丸出發去採火山胡椒，然後名叫本莉露的神祕少女登場……

「然後啊，他們把人家誤以為是鳥公主，不過人家跟他們說好了，會幫他們找回真正的公主殿下。」

莎拉的語氣有些得意，露子不由得嘆了一口氣。

鬼魂震驚到下巴都快掉下來了。等露子她們說完，他按著臉頰從座位上飛了起來。

「大、大、大事不妙了！不能在這裡繼續耗下去，我們得馬上回去『下雨的書店』！」

鬼魂的頭頂緊貼在天花板上，看起來相當慌張。

「可以搭這列火車回去嗎？」

『這個嘛……這裡離書店非常遠，所以得先搭火車回到書店附近。』

舞舞子用銀絲編出回答。

見到熟識的人，又坐上了柔軟牢固的座椅，露子整個人都安心了下來。她往旁邊一看，莎拉的腦袋已經左搖右晃，似乎隨時都會睡著。

「莎拉，先把雨衣脫掉。」

露子幫半夢半醒的莎拉脫下雨衣，接著又脫下自己的淺綠色雨衣在大腿上捲好，之後就失去了意識。由於她比莎拉還早入睡，自然不會知道莎拉的眼睛睜開時，舞舞子和鬼魂有多傷腦筋。

八　意想不到的重逢

翌日早晨，窗外的景色變得截然不同。

沙漠和布滿銀沙般的星空早已遠去，火車正行駛在緊鄰寬廣海面的懸崖上。

「姊姊，人家餓了。」

莎拉在座位上不停的擺動雙腿。

「要有耐心，靈感不是去幫我們拿早餐了嗎？」

露子回答完後，詢問在窗上築巢的舞舞子。

「所以說，那邊的舞舞子和電電丸還沒找到火山胡椒嗎？」

舞舞子在巢上用絲線織出回應（這樣才能一次寫出很多字）。

『恐怕是的……聽到妳們遭遇的事情後，我開始不知道本莉露說的是不是真的……』

纖細閃亮的蜘蛛絲，似乎有些遺憾的抖動著。這也沒辦法，畢竟舞舞子原本一直相信本莉露是個熱愛書籍的女孩，而且還是「下雨的書店」的新常客……如果能得知另一邊舞舞子的情況，那自然是再好不過，但是在分成兩半的舞舞子合而為一之前，這件事根本是天方夜譚。

「不過是電電丸先說的喔，他說滅絕感冒可以用火山胡椒治療。」

如玻璃般發亮的絲線，像在嘆息似的微幅晃動著。

『電電丸是怎麼知道那件事的呢？我有種不好的預感，大家好像正在陷入迷宮之中……』

海邊的晨光穿透舞舞子織出的文字，看起來熠熠生輝。這幅美麗的絲織工藝品，讓露子感到有些不安。

「對了，舞舞子！星丸在哪裡？他應該沒有被丟丟森林的貘吃掉吧？」

丟丟森林住著吃夢維生的貘，星丸是人類的夢想，所以他無時無刻都是貘的獵物。

『星丸他啊，應該又出門冒險了吧。就算他去「下雨的書店」，得知古書先生生病了，也派不上什麼用場。這點妳也能明白吧。』

露子嘆了一口氣。她能想像那個畫面，即使星丸現在到了「下雨的書店」，他也只會拿得了滅絕感冒的古書先生大開玩笑。星丸在這個時候外出冒險，搞不好反而是一件好事。

但是過不了多久，星丸就會回去「下雨的書店」吧。再怎麼說，沒人比他更捧場舞舞子準備的茶和點心了。要是他到了「下雨的書店」，卻發現只有生病的古書先生、書芊和書蓓在，不曉得會有多失望。

「啊，他回來了！靈感鬼哥哥！」

莎拉大喊著，把身體探出走道。鬼魂捧著一大堆東西，搖搖晃晃的回到座位上。

「嘿，讓妳們久等了，早餐來囉！」

鬼魂捧著兩個托盤，托盤上放著用白色厚紙包裹的食物和馬克杯。除此之外，他的腋下還夾著一疊稿紙。

「來，快吃吧。」

鬼魂發出「嘿咻、嘿咻」的聲音，把托盤遞給露子和莎拉。早餐散發的香甜氣味，讓她們的肚子咕嚕咕嚕的叫了起來。托盤上總共有三人份的早餐，鬼魂把自己的早餐放到行李箱上，開始大快朵頤。

莎拉迫不及待的跟著開動，露子也拿起托盤上的叉子。馬克杯裡裝著加了蜂蜜的熱牛奶，白色厚紙包裹著塗了香草鮮奶油的烤蘋果，旁邊還附了麻花捲和珍珠色的奶油，可以說是無可挑剔的早餐。

「這是花錢買的吧。錢真的夠用嗎？你之前還幫我們付了車資。」

露子忽然擔心起來，視線在鬼魂和舞舞子之間來回穿梭。鬼魂一口吞下整顆烤蘋果，對她拍胸脯保證。

「妳們不用在意這種事。有我在，妳們可以放一百個心喔。」

露子想到這裡畢竟是裂縫世界，買東西說不定不是用金錢支付。這個世界可以用罕見的東西交換要買的商品，例如：露子買過好幾次東西的七寶屋，就是用「沒買這項物品的未來」交換商品。

「話說回來，莎拉的那把傘實在很棒呢。」

鬼魂一邊舔沾到手上的蜂蜜，一邊發出讚嘆。

莎拉有點臉紅，露出得意洋洋的笑容。摺疊起來的白色羽毛傘，正倚靠在莎拉的座位旁。傘上的白色羽毛有力的蓬起，精緻的銀色傘柄閃閃發亮，沒有一絲傷痕，不論看多少次，這確實都是一把相當美麗的傘。

露子見莎拉樂不可支的挺起胸膛，有些不是滋味的噘起嘴巴。她自然而然的伸手摸了摸口袋，裡面依然只有筆記本卻沒有筆。

（只有我什麼都做不到……）

失去手杖的旅行者，是不是也是這樣的心境呢？這麼說來，那個叫本莉露的女生，也有一根細長的手杖——不對，那是一枝形狀像手杖的巨型筆。

為了揮去逐漸堆積到身上的不安，露子吃完早餐後，向舞舞子發問。

「我可以去散一下步嗎？」

「人家也要！人家也要去散步！」

莎拉大聲附和，然後匆匆忙忙的抹掉嘴邊的蜂蜜。她用來抹掉蜂蜜的袖子，如今已經變得黏答答了。

舞舞子用蜘蛛絲要她們：『慢走，路上小心。』

露子和莎拉排成一列，在林檎林加鐵路的火車中展開探險。她們明明只是到附近走走，莎拉卻百般珍惜的把羽毛傘帶在身邊。

露子一邊確認莎拉有好好跟著，一邊四處觀察車廂內部和其他乘客的模樣。火車上充滿了形形色色的人，之前鬼魂說過，這輛火車到得了世界上任何有地面的地方，不過大家要去哪裡呢？

有一群人穿著馬戲團的服裝，有個女孩的洋裝像星星一樣會發光，有個頂著大象頭身穿西裝的人在靜靜看書，還有隻猴子在畫紙上不斷描繪窗外風景的素描。那個微微發光的伴手禮禮盒，上頭附有「珍珠閃蝶標本」的標籤，裡面究竟放了什麼呢？有隻穿著破舊衣服的小狼，正在吃淋上焦糖醬的油炸點心，看起來好好吃——

這時，露子忽然回頭，發現莎拉遠遠落在後面。露子停下來等待莎拉，卻發現她正一臉認真的打量乘客，露子因此不悅的豎起了眉毛。

「莎拉，一直盯著乘客看很不禮貌，他們不是讓妳看的。」

等莎拉跟上後，露子低聲告誡她，莎拉卻皺起眉頭瞪向露子。

「才不是呢，人家是在找鳥公主啦。」

露子一時陷入呆愣，雙眼睜得好大好圓。

「妳真的打算找她？」

莎拉毫不遲疑的點了點頭，像是在說「當然了」。

「妳覺得找得到嗎？我把醜話先說在前頭，我們根本不用去管那些鳥人。他們可是為了讓自己平安生活，把危險的偵察工作推給妳耶。我們現在可沒有空跟他們糾纏不清。」

露子說著說著，開始厭惡起自己的發言，覺得自己怎麼把話說得這麼難聽。

果不其然，莎拉早已變得淚眼汪汪。

「可是……鳥的……啊，人家……」

莎拉斷斷續續的擠出話語，脹紅著臉瞪視露子。按照往常的經驗來說，莎拉應該會哇哇大哭才對，但此刻的她用力忍住眼淚，露出生氣的模樣。

「什麼嘛，有什麼好哭的……」

就在露子手足無措，設法要安撫莎拉的時候，有個熟悉的背影從走道另一端經過。那隻青蛙穿著直條紋和服，以及時髦的深藍色短外褂，穿過了通往隔壁車廂的門。他是——

「啊！」

露子的叫聲似乎讓莎拉收起了怒氣。莎拉抬頭看向露子，順著她的視線轉頭看過去。

「什麼東西？」

那隻青蛙已經消失在車門後方。露子按住莎拉的肩膀，推著她沿來時路快步前進。

「應該不會錯，我看到了七寶屋老闆！」

短暫掠過視線的那個背影，正是露子她們再熟悉不過的「下雨的書店」常客——七寶屋老闆。雖然不知道他為什麼會出現在這裡，總之現在先追上去再說。

就在這時，露子的長靴下發出某種東西被踩扁的喀嗒聲。露子不禁倒抽一口氣，當場停止所有動作。她戰戰兢兢的抬起腳，看到底下有個被踩得稀巴爛的小紙盒。即使從殘骸也看得出，這個用純白紙張折成的盒子相當精緻，其精確度肯定經過天文數字規模的計算——但是現在它已經原形盡毀，而且無疑是毀在露子的腳下。

「哎呀呀……這個沒辦法恢復原狀了。」

右手邊的座位傳來沙啞的聲音。轉頭一看，有個披著破破爛爛斗篷的人正在凝視露子。

聲音主人的頭和臉都隱藏在破舊布料之下，斗篷下的深幽黑影中，彷彿只有兩顆懸空的眼珠，那副模樣讓露子的手臂生起雞皮疙瘩。

「非、非常抱歉！呃，我……」

那雙飄浮在黑影中的眼睛，一直盯著支支吾吾的露子不放。露子的腦袋一片空白，完全無法運轉。

就在這時，莎拉一把抓起她的手肘，拉著她離開現場。兩人幾乎是連走帶跑的逃了出去。

即使連接車廂的門「砰」的一聲關上，擋住了披著斗篷的人的視線，莎拉仍然沒有放開露子的手，而是沿著通道不斷往前走……現在這個樣子，就好像露子變成了妹妹。

她們再度穿過一扇車門，等到和披著斗篷的人相隔整整一節車廂後，莎拉才總算鬆開露子的手。

「姊姊，妳還好吧？」

「咦？」

莎拉這麼一問，露子才注意到自己眼中泛淚。她趕緊用手臂遮住眼睛，擦掉眼淚。

「什、什麼啦，怎麼可以不跟對方道歉就跑回這裡啊？」

「因為人家覺得姊姊會被罵嘛，那個人好像很恐怖耶。」

莎拉一手把羽毛傘藏在背後，一手則是緊緊揪著露子的衣服不放。在周圍座位盡是陌生聲音和語言的火車上，莎拉抓著自己衣服的手雖然嬌小，卻是能帶給她絕對安心感的救命繩結。

露子吸了吸鼻子，忍不住打了一個嗝。一直陰魂不散糾結在心頭的複雜情緒似乎已經逐漸遠離，她總算能好好正視莎拉的臉了。

「不過還是要道歉才行。不用擔心啦，我很快就會回來，妳先回去靈感他們那裡。」

就在露子要轉身回去剛才的車廂時，有個毫無起伏的聲音讓她停下了動作。

「哦，這不是『下雨的書店』的人類小朋友嗎？」

站在走道上看著這裡的，正是身穿摺痕平整的和服、用兩隻腳站立的青蛙——也就是先前露子要去追的七寶屋老闆！

「哎呀，沒想到會在這種地方遇到，真是太巧了。」

七寶屋老闆用驚訝的口吻這麼說，臉上卻泛著泰然自若的神祕笑容。

他和平常一樣穿著時髦的深藍色短外褂配上直條紋和服，腰帶上插著闔起

的扇子，腳踩一雙黑色夾腳木屐。

「七、七寶屋老闆，果然是你！」

露子像青蛙一樣，從喉嚨裡迸出聲音。

「你怎麼會在這輛火車上？你早就知道靈感和舞舞子在這裡嗎？」

七寶屋老闆聽了，略微睜大看不出表情的金色眼睛，「嘓」的叫了一聲。

「哦，舞舞子和鬼魂也在旅行嗎？也就是說，『下雨的書店』沒有營業嗎？」

看來七寶屋老闆還不知道古書先生得了滅絕感冒。露子焦急起來，用力的左右搖頭。

「七寶屋老闆，你先跟我們來一下！『下雨的書店』──不對，是整個裂縫世界都有麻煩了。」

在三人沿著走道匆匆回去座位的路上，露子在心中的某個角落草草寫下語意模糊的備忘錄，提醒自己把事情跟七寶屋老闆說清楚後，要去向披著斗篷的人道歉。

七寶屋老闆跟著她們回去之後，趴在稿紙上低吟的鬼魂嚇得跳了起來，手上的紙也隨之飛舞到空中。

『哎呀，七寶屋老闆！什麼風把你吹來啦？我們是不是有失禮數？畢竟「下雨的書店」變成那個樣子……』

舞舞子以目不暇給的速度織著銀絲，隨後，包含露子在內的所有人，一起向七寶屋老闆說明「下雨的書店」的現況。

七寶屋老闆像是要消化這一連串錯綜複雜的事件，用淡粉紅色的舌頭舔了舔自己的眼珠，接著攤開扇子朝臉不停搧風。那純白的扇面上，畫著許多胖嘟嘟的蝌蚪。

「哎呀呀，萬萬沒有想到『下雨的書店』會變成那種情況。此身承蒙你們關照，恨不得立刻前去探望古書先生……無奈我有東西必須尋找，實在抽不出身呀。」

每當七寶屋老闆朝自己的臉從容的搧一下扇子，扇面上的蝌蚪就會隨之到處游動。七寶屋老闆經營著一間販賣奇特商品的店，露子的蝙蝠雨衣就是向他買的。他之所以會搭上這輛火車，大概也是為了做重要的生意。

「不過啊，舞舞子，妳平時的姿態固然很美麗，但現在這個樣子，看起來又更加……」

看起來又更加美味——青蛙很明顯的把這句已經來到嘴邊的話，「咕嘟」一聲吞了回去。七寶屋老闆的金色眼睛不再盯著蜘蛛看，而是轉移到莎拉身上

「小朋友，那把妳說用『夢之力』做成的傘，可是個高檔貨喔。光澤如此亮麗的羽毛，即使從不死鳥的身上也只能取得寥寥幾根。」

鬼魂「唔嗯——」的伸了一個懶腰。

「啊，大夥兒像這樣坐在一起談話，感覺就像在『下雨的書店』呢！我都忍不住想來杯茶了。」

此刻的舞舞子是蜘蛛的模樣，沒辦法和平常一樣拿出魔法桌布，使得鬼魂話中的渴望聽起來更加強烈。

（一切還能復原嗎？我們能不能平安回去呢？）

露子覺得自己已經遠離書店，來到了相當遙遠的地方。雖然之前一直刻意不去想，但是得了滅絕感冒的古書先生，很可能在這種大家相聚的時刻，一不小心就把世界毀滅了。

這時，一個身影突然冒了出來，睜大雙眼不客氣的盯著露子他們。定睛一瞧，原來是昨晚的列車長。他皺起馬刷般的眉毛，用嚴厲的眼神瞪視他們。

「打擾了。按照規定，我要在今天日落之前收到車資。」

「啊！」列車長低沉的聲音，讓原本慵懶靠著座椅的鬼魂驚聲尖叫，連忙重新坐好。

「我、我知道啦！剛才我文思泉湧，所以把鉛筆用掉了一大截……」

鬼魂這麼說著，從行李箱取出新的鉛筆。他裝腔作勢的吹著口哨，接著開始削鉛筆。列車長穿著紅色制服的肩頭明顯的上下起伏，不悅的從鼻孔噴出金色煙霧，然後大步離去。

露子和莎拉連連眨眼，不曉得這到底是怎麼回事，於是舞舞子編出蜘蛛絲向她們說明。

『要搭乘這列火車，乘客必須展現自己「製作某種東西的能力」。音樂家要演奏樂曲，畫家要畫一幅新的畫。至於身為作家的鬼魂先生，則是要寫出故事來支付車資。』

露子震驚得下巴都快要掉下來了。鬼魂就是因為工作太多，所以才和古書先生大吵一架之後跑出門，結果現在居然弄得像是為了寫稿才出門旅行。

「你在寫什麼故事？可不可以給人家看？」

莎拉湊近鬼魂，但是鬼魂沒有理她，只有「唔嗯——」的小聲沉吟，繼續沙沙沙的埋頭在稿紙上書寫歪七扭八的文字。

過了一會兒，火車軌道畫出平緩的曲線，林檎林加鐵路綿長的車身滑順的駛離海邊。盪漾著夕陽色的海面，朝逐漸離去的火車拋出橘色和金色的亮麗光輝。

露子用手抵在眉梢附近遮陽，欣賞窗外的景色。突然間，她發出「啊」的一聲，從座位上起身。

「你們看，那不是長頸鹿林嗎？」

往海上突出的岬角陰影中，隱約可見一片高聳的樹林。那一帶完全被覆蓋在森林當中，只有一塊區域長著沒有葉片的鈷藍色樹木，看起來就像是伸長脖子的長頸鹿群聚在一起。

露子轉頭看向其他人的時候，她的頭髮也隨之揚起。在場的人只有莎拉露出一臉懵懂的表情。鬼魂還在埋頭書寫故事，他的頭低到快要貼在稿紙上了；

七寶屋老闆從容的抽著菸管，吐出帶有蓮花香的煙霧；變成蜘蛛的舞舞子，似乎沒有看到那片藍色的樹叢。

火車遠離大海後，在陡峭的崖壁間穿梭前進。崖壁上隨處可見五花八門的化石，有披著鎧甲的蟲、張開翅膀的蜥蜴、把鞭子般的脖子捲起來的海龍、背帆大大張開的肉食恐龍、像飛機一樣大的蜻蜓、有雙重螺旋的卷貝……各式各樣的化石交雜在一起，用早已不會動的利牙、爪子和尾巴目送火車通過。

那些化石的眼睛讓露子想起以前遇過的骷髏龍。那隻熱愛書籍的骷髏龍——

「噢！」

抽著菸管的七寶屋老闆，突然發出奇妙的叫聲。

「啊哈！看樣子，需要買個東西囉。」

他將眼睛瞇得又長又細，環視在場所有的人，但是那雙眼睛究竟聚焦在誰身上，實在是難以捉摸。七寶屋老闆「啪嗒」一聲闔起蝌蚪扇子，開口說：

「你需要的文具，就在靛藍色盒子裡。」

九　筆與裝訂繩

七寶屋老闆把七個顏色不同的盒子，排放到鬼魂的行李箱上。他總是把這個和紙[3]做的盒中盒藏在短外掛的暗袋中，等到發現有人需要買東西，才把盒子從暗袋裡拿出來。這個精美的小盒子，正是七寶屋老闆做生意的商店。

他從大盒子裡拿出比較小的盒子，又從比較小的盒子裡拿出更小的盒子……紅色、橘色、黃色、綠色、藍綠色、靛藍色、紫色這七個盒子，壯觀的一字排開。七寶屋老闆把第二小的靛藍色盒子往前推，接著打開蓋子。

小盒子裡飄出紙和墨汁的氣味。下個瞬間，露子已經身在盒子之中。

露子此刻所處的地方不是火車車廂，而是一個袖珍的小房間。房間牆壁塗滿深藍色，而且整面牆用金箔、銀箔畫滿了栩栩如生彷彿隨時會搖曳晃動的竹林。

「歡迎光臨。」

七寶屋老闆在她面前不斷搓揉手心。

「真奇怪，我怎麼也進來了！」

鬼魂在露子身旁不解的指著自己。他握著直到前一刻都還拿在手上的鉛筆，嘴巴張得又大又圓。

七寶屋老闆的第六個盒子，是品項多到數也數不清的文具店。密密麻麻插滿隔板的商品貨架上，擺滿了筆、筆記本、便箋、封蠟、刻章、橡皮擦、繪畫用品等琳瑯滿目的商品。明信片、書籤用細針掛在牆上，看起來就像是昆蟲標本，感覺熱鬧極了。

「鬼魂哥哥也可以去，好好喔，好羨慕，人家也想要買東西！」

莎拉從天花板探出巨大的臉看進來。她仔細觀察店內，鼻子呼出的氣息令露子不由得冒出冷汗，擔心筆記本和明信片會被吹走。

「這是我頭一次進到店裡呢。哇，快看這些墨水壺，我好喜歡這個『苔森』色！」

鬼魂正在看內部裝著袖珍風景的墨水壺。壺裡的風景有暴風雨的天空、覆蓋工廠區的薄幕、螢光浮沉的深海、閃亮刺目的緋紅色火山隧道、雨天的沼澤底部、灰濛濛的墓地等等。仔細觀察的話，會發現這些風景確實在動，只要將筆尖沾上去，就能汲取風景的顏色。

3　以韌皮纖維作為原料，手工製成的日本傳統紙。

「這是比比‧哈洛維爾公司推出的系列商品。銷路最好的是這款黃昏紫，不過嘛……像『苔森』一樣的綠色似乎跟鬼魂你更搭，你的寫作風格也和這個顏色最契合。」

七寶屋老闆這麼一說，鬼魂不可置信的拉了一下自己的臉。

「你、你看過我的書嗎？」

七寶屋老闆老神在在的泛起神祕笑意，點了點頭。

「那還用說。雖然還沒拜讀完你所有的著作……不過古書先生可是有向我大力推薦喔。」

這一次，鬼魂只是按著自己的臉頰，什麼話也說不出來。

「好了好了，讓我看看。你需要的東西是……」

七寶屋老闆把臉轉回排滿商品的貨架。這間店並不是由顧客親自挑選想要的東西，而是由青蛙老闆看出客人的需要，或是將日後必定會用到的東西賣給客人。因此露子半帶著可能行不通的心理準備，對青蛙的背影開口。

「七寶屋老闆，我想要蝙蝠雨衣。」

對於露子的要求，七寶屋老闆訝異得連臉上的膜都鼓了起來。不過他下一秒便立刻恢復原本的表情，乾脆的揮了揮手。

「不不不，小朋友，蝙蝠雨衣妳已經有了。妳這次需要的是這個。」

七寶屋老闆從古色古香的桐木架上，排列得有如棋盤般工整的小小抽屜裡拿出商品。他慎重其事的慢慢攤開手掌，掌心上出現一枝用塑膠做成的透明筆桿。

露子和鬼魂把頭湊到一起，仔細研究七寶屋老闆挑選的筆。這看起來就是一枝普通的筆，沒有什麼特別之處。

「裡面沒有墨水喔。」

如同鬼魂所說，這枝筆從裡到外都是一片透明，就連應該裝著墨水的筆芯也看不出任何顏色。

「所有文具都可以在店內試用，來這裡寫寫看吧。」

店裡放著一個垂掛鳥籠用的裝飾枱，但掛在支柱頂端的不是鳥籠，而是一本相當有厚度、看起來沉甸甸的皮革封面筆記本。

買不了在空中飛行的道具，固然讓露子有些失望，但她還是翻開七寶屋老闆說的筆記本，從中尋找空白頁面。她的確也很想要一枝筆，露子從七寶屋老闆手中接下筆，接著——這枝筆立刻產生了變化。

透明的筆一到露子手上，筆桿中便逐漸充滿藍灰色的墨水。墨水如煙霧般出現，描繪著複雜蔓草的紋路，在轉眼之間填滿筆桿。

「這叫『隨心所欲墨水筆』，會隨書寫者的心情或浮現在腦中的點子，變出相應顏色的墨水。也就是說，墨水會根據每個當下的情況，轉變為最適合的顏色。」

筆桿中的藍灰色墨水，摻雜著些許紅棕色。這種如同工廠煙霧和雨雲交雜在一起，最後變得兩者都不像的色彩，似乎完全反映了露子此刻的心情。

露子用這枝筆在筆記本的角落寫下一個「雨」字。

在那短暫的一瞬間……露子依稀感受到筆桿內竄過一道微弱的靜電，將文字和自己連接起來。有了這個，露子就能在自己的筆記本上書寫，不論是什麼樣的事情，都能寫到紙上。

露子興奮得臉頰略微泛紅，在好奇心的驅使下，她翻了幾頁皮革封面的筆記本。看不懂的文字和從未見過的語言映入眼簾，筆記本上有一筆畫到底而且不中斷的文字、像蛇一樣歪歪扭扭的文字、每一行都形成一個圈的文字，以及仔細看會發現不是由線條而是用點連成的文字……

翻到某一頁時，露子的手停了下來。那個頁面上，一道黑色線條毫不客氣的斜畫過紙張，看起來就像是一道傷痕。

「啊，關於那個塗鴉……」

露子回過神來，發現七寶屋老闆正從身後看著自己。

「實不相瞞，我之前說正在尋找的，就是這個塗鴉的主人。似乎是我店裡的某個東西留下了這個塗鴉，然後逃到了店外。七寶屋是不會拿生物做生意的，不過再怎麼說，這裡清一色是從四面八方引進的珍品奇貨，我可不能讓本店的商品在外遊蕩，做出不得體的事來……」

說到這裡，七寶屋老闆用扇子朝下巴搧風。露子皺著眉，把頭歪到一邊。

「你的意思是，你連是什麼東西不見也不知道嗎？」

「沒錯。」

「那樣根本沒有辦法找吧？連逃走的是什麼都不知道……」

不過七寶屋老闆只是一派從容的搖著扇子。

「所以說，只是『有可能』找到，因為本店有幸比同業多受到一點點可能性的眷顧。好了，鬼魂，讓你久等了，這是你需要的東西。」

七寶屋老闆再度闔上扇子，拿來一個白色的薄紙包裝。解開包裝後，裡面出現了美麗的繩子。這條繩子整整齊齊的綁成一束，絲線彷彿捻入了清水，透著銀色和水藍色，而且編得相當複雜。

正在火鶴、雲雀和企鵝羽毛筆中精挑細選的鬼魂回頭一看，眼神不由得閃爍起來。

「繩子？我不需要那種東西啊。倒是這裡的羽毛筆實在很棒呢！還有那邊的立體日記本、可以寫筆記的礦物，還有泡泡鏡片顯微鏡也很……」

然而七寶屋老闆只是咕嚕嚕的鼓起喉嚨，對他搖了搖頭。

「錯了，錯了，不管怎麼樣，你要買的是這條裝訂繩，再也沒有其他東西比這條繩子更適合用來裝訂你的稿紙了。只要用這條繩子固定稿紙，哪怕它被水淹，被火燒，你的心血都不會化為泡影。好了，我該跟你們收帳囉——」

七寶屋老闆從桌子下方拿出一個壺。七寶屋的顧客要用「沒買下商品的未來」取代金錢支付到壺裡，藉此購買商品。

露子和鬼魂的身上冒出透明的發光帶子，這兩條帶子逐漸被吸進壺裡——

按照過去的經驗，透明的帶子應該會一下子就消失到壺裡，但露子目睹到帶子像在猶豫似的不停扭動。兩條帶子像綁到一半的辮子交纏起來，但是最後，它們仍然在轉眼之間消失在壺的漆黑深處。

「啊啊啊，好討厭的感覺！不過比起裝訂繩，我還是更想要那些筆啊，紙鎮啊，菸斗之類的東西……」

鬼魂似乎什麼事都沒有察覺，來來回回的撫摸自己透明的肚子。

「……」

露子輕輕搖了搖頭，重新振作精神。現在她有隨心所欲墨水筆，至少能夠好好寫字了。

「謝謝兩位的惠顧。」

隨著七寶屋老闆行禮道謝，露子和鬼魂回到了車廂內。

窗外的晚霞逐漸退去，車廂內同時亮起蜂蜜色的照明。

十　露子寫故事

「那麼，告辭了。我在三十六號車廂，有需要就叫我一聲喔。」

七寶屋老闆揮揮手，離開露子他們所在的車廂。

「看啊，莎拉，我買了這個東西。那間店超壯觀的！」

「好好喔，好羨慕，人家也想仔細看七寶屋老闆的店。」

鬼魂得意洋洋的展示水藍色的繩子，莎拉纏著他，把嘴脣嘟了起來。

「姊姊買了什麼？」

接下來，莎拉像是飢餓的幼鳥，把臉湊向露子。露子把隨心所欲墨水筆拿給她看，莎拉立刻拿起那枝筆，打算在鬼魂的稿紙角落寫些什麼，不過筆芯裡一片透明，什麼也寫不出來。

「姊姊，筆是壞的。」

「沒有壞啊，只要拿起筆，就會出現和想寫的東西相稱的顏色。妳看……」

露子拿起筆向妹妹解釋，筆芯內頓時源源不絕湧出靛藍色的墨水。莎拉再次把筆拿過來試一次，但筆芯依舊是透明的。

這個情況代表隨心所欲墨水筆只屬於露子，只有她能使用。

莎拉氣呼呼的，露出很不是滋味的表情。儘管露子對她十分同情，但又抑制不住快要飛揚起來的好心情。

露子在大腿上打開筆記本，拿起筆想要寫些什麼。她有些猶豫，用筆尖輕戳紙面思考自己要寫什麼。過了一會兒，她用筆畫下一道不太有自信的線條，接著拐了一個彎，這樣一來，線條就變成了文字。她寫下一個又一個文字……筆桿裡充滿了勿忘草色[4]的墨水，讓人聯想到精神緊繃時的嘆息。墨水在紙上來來回回，逐漸構成一篇故事。

『……這是一隻小蝙蝠的故事。這隻蝙蝠的翅膀上有黑白相間的條紋，所以不論是在明亮的白天還是黑暗的晚上，都沒辦法把自己藏起來……』

不知道經過多久的時間，直到莎拉吵著肚子餓的聲音傳進耳朵，露子才回過神來。

不知不覺，窗外的天色已經轉為厚重的深咖啡色，月亮也高掛在空中。有的乘客走向設有餐廳的車廂，有的則從行李中拿出便當。

「完成了。」

4　略帶紫色的藍色。

露子在筆記本寫下一篇全新的小故事。她寫了好多好多字，所以現在手痠得要命。她一時還無法相信，填滿紙張的淡藍色文字都是自己寫出來的。

莎拉和鬼魂拋下仍然恍恍惚惚的露子，手牽著手往設有餐廳的車廂走去。

這時，有個東西戳了戳露子的臉頰，原來是舞舞子的蜘蛛腳。舞舞子順著露子的手臂，往下爬到筆記本的一角，開始織出銀色的絲線。

『恭喜妳，露子。』

絲線流暢的織出文字，發出亮晶晶的光芒。

露子害臊的噘起嘴脣，好半天都說不出話來。

鬼魂和莎拉帶回來的晚餐，好吃得沒話說。月亮形狀的肉派上淋著酸酸甜甜的木莓醬，另外還有切口呈現螢光色的蔬菜沙拉、浮著蛋白霜的南瓜湯、氣泡在其中漂來漂去的碳酸果凍……

在飽滿的熱氣和馥郁的香氣下，車廂內充滿悠閒的氣氛，就連列車搖晃的聲響都有種輕快的感覺。露子他們一邊享用晚餐一邊聊天。

「姊姊，妳下次要寫什麼故事？人家故事的後續嗎？」

莎拉一邊舔掉沾上手指的紅色醬料，一邊靠上露子的肩膀。露子咬了一口金絲雀色的小蕪菁，擺起架子回應。

「不是喔，現在還要保密。」

這時，鬼魂把蔬菜沙拉推到餐盤邊緣，雙眼熠熠生輝。

「嘿，把妳寫好的小說抄到稿紙上嘛，我可以把稿紙分給妳。」

這個出乎意料的提議，讓露子連眨了好幾下眼睛。

「為什麼？」

「為了給列車長看啊！這輛火車不是把作品當作車票嗎？這樣一來，就付得出妳的車資啦！」

鬼魂連忙揮著手，為歪頭大感不解的露子說明。

「我要用妳的作品試試看，看能不能得到列車長的認可。如果能用來抵車資，那就是優秀作品、優秀作家的象徵。」

『這個想法太棒了！露子，請妳一定要試試看。』

舞舞子在行李的上方編出蜘蛛絲。露子有些猶豫不決，不斷的撥動蔬菜沙拉。

「可是……我寫的故事很短。」

「短作品也是作品啊！」

「……」

吃完晚餐後，露子再次握起隨心所欲墨水筆，把自己寫的小說抄到鬼魂給她的稿紙上。她鄭重其事、小心翼翼的寫下一個又一個文字，寫到手生硬得都快僵掉了。墨水帶著雨過天青的藍色，從露子手中確實一點一滴的傳遞到稿紙上。

過了不久，莎拉開始打呵欠。直到鬼魂為她蓋上被子，她才逐漸入眠。鬼魂細細打量自己在七寶屋買到的裝訂繩，最後也呼嚕呼嚕的用鼻涕吹著泡泡，進入了夢鄉。隨著時間不斷流逝，其他乘客也紛紛在座位上蓋好被子準備休息，只有露子遲遲不睡覺，埋頭繼續謄寫小說。

車廂內的照明東一個、西一個的逐漸熄滅，整個空間變得十分昏暗，即使如此，像露子這樣遲遲不睡覺的旅客頭頂上，依然有個像是小小月亮的微光持續帶給他們光亮。

莎拉和鬼魂已經入睡，舞舞子則是回到了火柴盒內。列車的晃動和行駛在軌道上的規律節奏似乎永遠不會停歇，這個夜晚，給人非常靜謐安詳的感覺。

露子覺得自己似乎遺忘了什麼，突然抬起頭來。但是在她想起來之前，手指已經迫不及待的想要寫下文字，於是她趕緊集中精神，專注在手邊的工作上。

寫下故事「劇終」的最後一筆後，露子抬起頭，像要換氣似的深深吸了一口氣。她的手早已麻痺不堪，指腹也被筆桿壓出了凹痕。

現在是幾點？想必已經三更半夜了吧。

露子將視線移向窗外，嘆出一口好長好長的氣。舉目所及，全都是她從來沒有見過的景色。

火車此刻正行駛在大城市裡。這是一座散發通透光芒的玻璃之城，由有色玻璃拼湊成的大樓和高塔，生成各式各樣的色彩和形狀，看起來就像是萬花筒內的圖案。宇宙打開了天頂的蓋子，秀出讓人目不暇給的星星和星雲。

窗外的景色好像是為露子準備的獎賞，她不由得緊緊握住剛寫好的稿子。

露子再次想到：星丸會不會來這裡？於是她睜大眼睛仔細觀察窗外的景色。會不會有青鳥突然從夜空中或是玻璃屋頂上冒出來？她聚精會神找了好久，但那片景色仍舊只是靜靜的散發著光芒。

露子的心裡很清楚，寫在紙上的故事，根本不可能讓身為冒險家的星丸覺得有趣，但她還是想讓她的朋友——既是幸福的青鳥又是希望之星的星丸——看看她的故事。

（哼，就算你被貘吃掉了我也不管……）

露子這麼想著，低頭準備把稿紙捲起來的時候——

——滴答。

一顆雨滴敲落在玻璃窗上。真奇怪，夜空中明明布滿了星星，而且一片雲朵也沒有……雨滴沿著玻璃窗往下滑，見到雨滴變化的形狀，露子發出一聲低呼。

我

雨滴形成了文字。接下來，又有好幾顆雨滴接連敲打在露子座位旁的車窗上，並且一一形成文字。

這

就

過

去

找

你

「我這就過去找你」——雨滴是這麼說的。

十一　雲上的夜晚

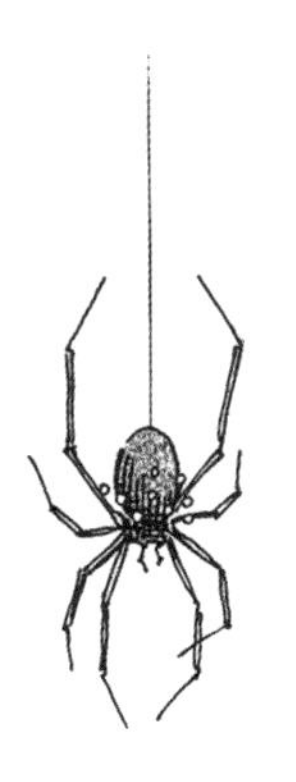

是雨信。絕對錯不了，這是舞舞子用特別的水捎來的雨水電報——雨信。

露子像是吞下一大把砂糖似的，臉頰脹得紅通通。

「靈感、莎拉，快起來！舞舞子她——」

就在她急急忙忙搖晃鬼魂他們的肩膀時，某個東西戳了戳她的臉頰，原來是舞舞子的蜘蛛腳。不知道什麼時候，舞舞子已經從火柴盒中爬了出來。

「就別叫醒他們了吧。」

露子猛然回過頭。舞舞子這句話，不是以銀色蜘蛛絲織成的文字，而是以柔美的聲音傳進她的耳朵。這個事實讓露子大大鬆了一口氣，雙腳幾乎失去支撐的力量。舞舞子原本像金屬絲一樣纖細的蜘蛛腳，變為沁涼柔嫩的白皙雙手；她身上的洋裝，散發出火車上沒有的雨水、青苔和木莓氣息。

舞舞子站在露子的面前，珍珠顆粒在她的鬈髮周圍飄浮著。

「我回來了，露子。妳為了很重要的工作，忙到很晚呢。」

露子驚喜得整個人差點站起來。舞舞子從她的腿上拾起稿紙，用雙手仔細整理對齊。

「舞舞子，妳找到藥了嗎？電電丸在哪裡？」

露子不可置信的連連眨眼，抬頭看向這位精靈使者。

舞舞子用側臉示意露子看向窗外。在繁星密布的天空中，飄著一片小小的灰色雲朵，飽含雨水的雲和火車並駕齊驅的飛行，雲朵上露出一個丸子鼻，那個鼻子的主人——雹雹丸一邊打著大呵欠，一邊朝這裡揮手。

舞舞子帶著為難的笑容看向露子。

「我本來以為妳們已經回去了，沒想到是和鬼魂先生在一起。妳們是怎麼從『下雨的書店』來到這裡的？」

「關於這個，舞舞子，本莉露她……」

就在這時，莎拉「嘶——」的吸了一口氣，同時挪動身體轉為仰躺，還把腳尖伸到露子的座位上，繼續發出輕輕的呼吸聲。

露子才剛鬆了一口氣，下一秒又聽到沉重又尖銳的腳步聲，鋪在走道上的木板也隨之震動起來。一個巨大的身影探進座位，身上還不斷冒出裊裊金煙，來者正是穿著紅色制服的林檎林加鐵路列車長。

「這位客人，我要查驗車票。」

列車長一邊從鼻孔噴出金色的氣息，一邊以銅像般的面孔瞅著露子寫的稿件。他為什麼會知道露子在寫故事？露子緊緊抱著舞舞子幫她整理好的稿紙，生怕被列車長搶走。

「欸，可、可是我還沒有好好重看一遍，裡面可能有些寫錯的地方……」

儘管露子這麼說，列車長還是一動也不動的盯著她的稿子看。這一刻，她忽然覺得自己手上的稿紙單薄得要命，而且不知道該如何是好。剛寫好的時候，明明自己覺得很滿意，甚至信心十足到覺得窗外的景色是自己的獎賞，然而──要是交出這種稿子，她搞不好會立刻被趕下火車。

莎拉又含含糊糊的說起夢話，熟睡的面容糾結了起來。繼續僵持下去，莎拉很可能會醒過來。

露子沒有別的辦法，只好將緊緊抓在手中的稿件稍微往前遞出。列車長用戴著白手套的手，牢牢捏住稿紙說：

「車票的查驗報告，將在五小時二十九分鐘後，也就是明天早上告知。接下來，那位乘客──」

列車長轉身面向舞舞子，對她挺起胸膛。舞舞子不帶一絲慌張，輕輕提起裙襬向列車長簡略行禮。

「我已經付過了一半的乘車費。在搭上同伴的移動工具前，這段期間還請容我暫時叨擾。」

列車長再次噴出金色的煙霧表示理解。他回禮之後，便把從露子那裡取來的稿紙夾在腋下，沿著走道離去。他原本站的地方，還殘留著篝火的氣味。

舞舞子為莎拉重新蓋好被子，皺起彎弓狀的眉毛說：

「露子，我們沒有找到火山胡椒。」

聽到舞舞子這麼說，露子的內心打了個冷顫。

「在這裡交談會吵醒莎拉他們，我們到外面說吧。」

舞舞子把臉轉向車窗，露子也跟著看過去，望向電電丸乘坐的雲朵。下一刻，車窗玻璃如同融化般扭曲變形，往露子她們的方向伸展。當露子再次呼吸的時候，她吸進的已經是火車外深夜時分的空氣。

露子和舞舞子的頭髮在風中飛舞。她們在小書箱的圍繞下，置身於電電丸的雲上。

電電丸盤腿坐在雲朵中央，一副昏昏欲睡的搔著頭，對露子微微舉手示意。舞舞子拉開裙襬在雲上就座後，便催促露子坐到自己的身旁。

「事情不妙，本莉露其實是『自在師』，然後我跟莎拉就……」

露子迫不及待的坐下，劈里啪啦的開始說話。舞舞子點了點頭，暫時打斷她。

「不用擔心，露子。我變成蜘蛛的另一半已經聽說了，所以我知道這件事。妳們真是經歷了一場災難呢。」

電電丸的嘴脣下沉成八字形。

「我們早就覺得那個女孩哪裡怪怪的，原來是自在師啊。」

他大概是因為駕駛雨雲快馬加鞭的趕過來，看起來快要累癱了。

「火山胡椒似乎也是本莉露用自在師的力量編造出來的。我們到名叫『烈焰岩石屋』的地方尋找胡椒時，得知了這件事。那時岩石屋的守衛不知所蹤，據說是被自在師帶走了。」

「是被帶去當天候大納言的食物嗎？」

對於露子的提問，舞舞子和電電丸都點了點頭。

「沒錯，所以我們去見了天候大納言一面——雖然應該用『尊貴的大人』來稱呼才不失禮節。」

「你們見面了嗎？」

露子聞言驚訝的睜大雙眼，電電丸也立即渾身顫抖。

「那、那麼不要命的事情，我可不想再做一次。我一直勸舞舞子別做傻事，但她就是不聽。」

「多虧去了這一趟，我們才能了解本莉露不是嗎？而且也搞清楚火山胡椒並不存在。照這樣看來，只能尋求渡渡鳥公會的幫助了。

露子，我們得回去『下雨的書店』。電電丸的雲載不下所有人，不過『尊貴的大人』聽了我們的話，為我們去和渡渡鳥公會交涉了。公會那邊會在明天派飛行魚過來。」

既然渡渡鳥公會已經出手幫忙，那就能夠放心了。露子在腦中描繪那座莊嚴又有些不太自然的公會建築。

「刻萊諾會來嗎？」

飛行魚是由渡渡鳥公會照顧的巨大飛天魚，牠們由七姊妹組成，其中最年長的大姊刻萊諾和露子很要好。那像大盤子般圓滾滾又清澈無瑕的雙眼，以及傷痕累累的青銅色魚鱗，都讓露子懷念得不得了。

「會。目前所有飛行魚好像都很忙碌，必須等到明天才有空。刻萊諾很想見妳，所以來接我們的一定會是她。」

聽到這裡，露子突然覺得肚子餓了。不知道是因為安心還是疲倦，但是渡鳥公會願意幫忙，那麼古書先生的滅絕感冒想必也能立刻好起來，畢竟他們曾經把過去實際發生的滅亡，變得從來沒有發生過——

（不過，本莉露後來會怎麼樣？）

假設天亮之後飛行魚來接他們回去，然後治好了古書先生的滅絕感冒……

正當露子打算繼續想下去的時候，一股難以言喻的落寞襲上心頭。那個詭異女孩的未來會——

星星在天上永無止盡的閃閃發光，玻璃之城依舊在靜謐中點亮一整片照明，林檎林加鐵路則在黑夜中不斷的奔馳。明天仍然隱藏在滿布星星的黑暗中，不見半點蹤影。

電電丸的睡意即將到達最高點，他打了一個巨大的呵欠，一手揉著惺忪的眼睛，一手朝露子揮了揮。

「好了，小孩子得睡覺了，要是再不睡，明天要是發生什麼事，可是會睏得連身體都動不了喔。」

電電丸說的話，彷彿在暗示明天還有什麼意想不到的事情等著他們。露子別無他法，只好起身站到雨雲的邊緣。舞舞子把手放到她的肩上，她便和來到這裡的時候一樣，穿過車窗回到了車廂內。

露子在沉沉睡著的莎拉身旁坐下，不一會兒便跟著睡著了。反正不管怎麼樣，明天還沒有到來。

她睡得很沉很沉，眼皮下的漆黑空間裡，沒有出現任何一個夢境。

十二　「書之塔」

「各位旅客，下一個停靠站是『書之塔』——沒錯，是『書之塔』。列車預計於正午過後一小時到站。」

列車長一邊用渾厚的嗓音宣布，一邊沿著走道走了過來。

蜂蜜色的照明早已熄滅，明亮的陽光穿透玻璃窗灑進車廂，列車內充滿了早晨的色彩，而且還瀰漫著挑起食欲的麵包、咖啡、清粥等食物的香氣。窩在座位上睡覺的露子一睜開眼睛，就看見身穿紅色制服的列車長從面前經過，頓時嚇得肩膀抖了一下。不過列車長只是繼續往前走，並且反覆宣布列車的停靠訊息，絲毫沒有瞧她一眼。

「……」

露子從座位上爬起來的時候，感覺身體格外輕盈。不知道列車長看過她昨天晚上寫的故事了沒——

「快看！牠們又飛過來了。哇，好多好多喔！」

比她早醒的莎拉把額頭貼在車窗上，看著外面發出歡呼。

露子從莎拉的背後看過去，發現有東西迅速閃過晴朗的窗外，原來是一群排成好幾個新月隊形，從火車旁飛過的候鳥。那群候鳥的白色翅膀像是塗了一層灰，使得隊伍看起來像是隨著黎明時分泛白的新月。

鬼魂坐在她們的對面看書，那本書大概很有趣，所以他整張臉都貼到書頁上，連露子醒了都沒有察覺。

「舞舞子呢？」

露子把被子捲好放到網架上，同時詢問莎拉。

「姊姊，快看！好大一片喔。」

莎拉在座位上興奮得跳上跳下。白色的候鳥群底下，是一大片綿延至地平線的深綠色森林，而且愈接近地平線的部分愈顯得朦朧，顏色也逐漸轉為青色。在那片深邃森林的另一端，孤伶伶的矗立著一座潔白到叫人起疑的高聳建築。那棟建築似乎就是列車要停靠的地方。

忽然間，一朵灰色的雨雲飄到車窗旁。舞舞子在電電丸的雨雲上，朝露子和莎拉揮手。她的棕色鬈髮在風中飄舞，看起來就像是別出心裁的美術字。莎拉似乎在露子睡覺的時候，已經和舞舞子等人見過面，所以也神采奕奕的朝雨雲揮手回應。

「火車是不是馬上要靠站了？」

「聽說是這樣沒錯。」

莎拉把用紙包著的三明治遞給露子，露子這才開始吃起遲來的早餐。

「姊姊，是舞舞子和電電丸喔，我們是不是要回去『下雨的書店』了？古書先生的感冒有辦法治好嗎？」

「嗯，一定有辦法，已經不用擔心了。」

「壞心的大姊姊不會再來了嗎？」

「嗯，一定不會再來了。」

莎拉聽了露子的答覆，心滿意足的呼出一口氣……至於露子，則是覺得內心有些沉重。為什麼呢？如果不用再見到自在師，她應該會放心下來才對。說到底，那個陰陽怪氣的女孩跟露子她們根本八竿子打不著關係啊。

而且再過不久，她們就要見到飛行魚了，所以露子此刻就算顯得更加雀躍也非常合情合理。然而，她心中的疙瘩化為氣體擴散至口中，讓她食不下嚥，花了好多時間才把手上的三明治吞下肚。

「欸，靈感，你在看什麼書？」

鬼魂從剛剛到現在，一直沒有把頭抬起來過。露子好奇的稍微提高音量詢問，不過莎拉立刻在自己的嘴唇前豎起手指，示意她不要出聲。

「不可以打擾靈感鬼哥哥喔。他之前要工作，所以一直忍耐著不去看書。今天他好不容易不用為了車資幫姊姊寫故事，所以他說要盡情看書，把之前沒看的都看回來。」

莎拉一臉認真的解釋。露子一時之間無法明白妹妹話中的意思，但是過了一會兒，她的內心才以令人心急的緩慢速度湧上訝異之情——

「也就是說……可是，我……」

想說的話一湧到嘴邊，便蒸發得無影無蹤。露子把眼睛睜大到不能再大，深感不可思議的撫著雙頰。

見到露子的反應，莎拉起初也驚訝得張大了眼睛。隨後，她像是看到耀眼事物那樣，瞇起眼睛露出微笑。

鋪設軌道的崖壁總算轉變成平緩的長坡道，紅色火車開始滑進森林的樹木之中。在深邃寂靜的森林裡，空氣以淡淡的甜味迎接火車和旅客。四周一片靜謐，連小鳥的叫聲都沒有，只聽得到不知從哪裡傳來的水流聲。看來，附近大概有河流吧。

火車煙囪像暢快流汗的馬匹喘著氣，列車長和同樣穿著紅色制服的鐵路員工（這些員工看起來像是用兩隻腳行走的刺蝟）到處走動，搖著金色鈴鐺宣布到站的消息。

「『書之塔』到了。列車將於現在時刻的兩小時後準時出發，請務必不要遲到——」

鬼魂「啪嗒」一聲把書闔上。

「好，走囉！身為作家，『書之塔』這樣的地方，當然說什麼都得瞧瞧。」

他啪沙啪沙的整理好稿紙，接著竟然把那疊稿紙塞進口中吞了下去。他透明的肚子裡，還能看見剛才吞下的稿紙，在那之後被扔進去的鉛筆也飄浮其中。

「你還可以這樣啊？」

「沒錯，我也是在開始這趟旅行後才知道。鬼魂的身體真方便啊，我還活著的時候，絕對辦不到這種事。」

鬼魂得意洋洋的跳到走道上，露子和莎拉也隨後跟上。他們在擁擠的乘客之間穿梭，步下火車後，一滴落到鼻尖上的雨，讓他們得知電電丸的雨雲就在樹林的另一端。

不得不說，這片森林真的太深邃了。這裡的樹木比他們在丟丟森林和長頸鹿林看到的任何一棵樹都更粗、更壯、更有年紀，而且還伸展出濃密的樹枝，長滿暗綠中帶著銀色的茂盛樹葉。令人驚訝的是，在含有溼氣的青苔上，火車前行的鐵軌居然戛然而止。

「這裡是終點站嗎？」

「不是喔，林檎林加鐵路能夠一邊鋪設新的軌道一邊行駛。火車的前方會不斷出現通往目的地的軌道，不過坐在車上的時候看不到就是了。」

從鬼魂的口氣聽起來，他好像很以這輛壯觀的紅色火車為榮。

不遠處有河流經過，那條河的對面，矗立著那座在列車上看到，十之八九會誤以為是純白色牆壁的高塔。

要說那座塔的塔身有多白，大概是白到映入眼簾的瞬間，會讓人不得不閉上眼睛的程度。見到那座塔的人，都會不由得產生畏懼——那種感覺就像是在森林裡迷失了方向，結果卻撞見不該看見的神明。

從露子一行人的所在之處，看不到類似入口的地方，河流上也沒有橋⋯⋯

儘管河流看起來是使勁一跳就能跳過去的寬度，但是背上沒有翅膀，基本上就不會有人想要挑戰。要說原因的話，就是露子他們靠近一看，發現這條河裡既沒有小石頭也看不到砂礫，只有蕩漾著藍黑色深不見底的清澈河流。

無論是能飛還是不能飛的人，全部都在河流前止步。接著，有的人開始寫生，有的人把樂器拿出來通風——不過大多數的乘客還是留在火車上，抽菸的抽菸、吃點心的吃點心，也有人在整理自己的行李。

「不知道七寶屋老闆有沒有下車？」

露子仰望著聳立在森林中的純白高塔，同時不斷留意頭頂的情況。雨雲在這裡會被樹木遮住，看不到他們的所在位置。

「舞舞子姊姊、電電丸哥哥，你們也下來吧。我們在這裡！」

莎拉把雙手當作擴音器，放在嘴邊大聲吶喊。她的聲音似乎得到了回應，幾顆水珠穿過頭上的樹枝和葉片，滴滴答答的落了下來。然而——

咻！

雨滴還沒接觸到身體，便蒸發得無影無蹤。露子他們驚訝得倒抽一口氣，然後注意到吸進的空氣裡沒有森林的氣味。原來在轉眼之間，他們也從森林裡

消失了蹤影。

在連眨眼都來不及的短暫瞬間，眼前的景色已變得截然不同。腳下不再是柔軟潮溼的青苔，而是堅硬扎實的地板。這裡的地板和火車的木質地板不同，看起來平坦而潔白。露子嚇了一跳，重心不穩的踉蹌幾步，想把腳抬離地面。

紙張和墨水的氣味搔弄著鼻腔，這種氣味讓人有種預感，接下來肯定會發生令人驚訝的事件，以及從來沒有讀過的極致故事即將要展開。

看上去像是鋪著磁磚的地板，其實是數以千計的紙張鋪設而成。這些紙張並不是白紙，而是某本書的書頁、寫給某人的信紙、樂譜的其中一頁……各種寫著不同話語和記號的紙張互相拼湊，形成了寬廣的地板。

「姊姊。」

露子身旁的莎拉，同樣也踉踉蹌蹌的踏步。

鬼魂似乎仍處在震驚當中，無法將眼前的景色盡收眼底，只是不發一語的在空中不停打轉。

紙張拼成的地板盡情向四面八方延伸，讓人感覺像是來到了廣場，而不是高塔內部。遠處的牆壁（果然也是用寫著字的紙拼湊而成）連綿不絕的往上伸展，使露子他們看起來像是位在井底。透明的光柱從天花板照射下來，照耀著飄浮在空氣中的灰塵以及牆壁上的筆墨。不僅如此，在牆壁和牆壁之間，還有無數段同樣由紙質階梯構成的空橋。狹窄的階梯和透明的光柱縱橫交錯，描繪出無止盡的圖案。天花板在滿溢而出的光芒中看起來一片白茫茫的，根本沒有辦法看清楚。

「這裡是……塔裡面嗎？」

莎拉挨向露子，像是被眼前超乎想像的景色奪走心神似的，仰望著無窮無盡的紙張，以及由墨水連接而成的文字。這裡的確像是高塔內部，由紙張和墨水建立而成，令人畏懼的巨大塔樓……

不過，他們是怎麼進來的？

喀沙——露子的長靴底下發出了聲響，她的腿不禁瑟縮起來。那是紙團被踩扁的聲音，她往下一看，發現地上有幾根搓成辮子狀的紙捻[5]。放眼望去，塔裡到處都是這種用焦糖色包裝紙做成的小東西，好像先前有人在這裡練習編

5　用紙搓成的繩索狀物體，可用來引火或蘸物。

辮子似的。

「妳不去道歉嗎？」

微弱的聲音就像是有人從墳墓裡復活後伸出的手，讓露子的後頸發涼。回頭一看，寫滿文字的牆壁前方，出現了一位手持歪曲手杖的少女，她一身黑白條紋的裝扮，就像是用紙張和墨水拼貼成的雕像。

那位少女的灰色眼眸，正直勾勾的盯著露子他們。

十三　追上來的自在師

不論是「自在師」還是「本莉露」，露子就是叫不出她的名字。話語彷彿梗在喉嚨似的，就連要喘一口氣都很勉強。

「妳不去為踩壞紙盒的事道歉嗎？那個折好的盒子被踩壞後，就不可能恢復原狀了。」

喀沙、喀沙……散落在地上的紙捻增加了。自在師十分清楚，露子帶著莎拉在火車走道上散步時，不小心踩壞了一個紙做的工藝品。她還曉得，露子說過之後會去向那個紙盒的主人道歉，不過在那之後不久，露子在七寶屋買了一枝筆，便開始埋頭書寫故事……

（我忘了……怎麼辦，我真的忘了嗎？現在該怎麼辦？）

露子的胃翻攪起來。這時，莎拉抓住露子的手臂，純白的羽毛傘反射出耀眼的光芒。

「欸，她是誰啊？」

前一刻還在大廳邊緣閱讀文字的鬼魂，滿臉好奇的飛過來。平常總是窩在寫作室的鬼魂，還沒有和本莉露見過面。

「靈感鬼哥哥，人家不是說過了嗎？她就是把我們從書店變不見的壞心大姊姊。」

莎拉筆直的盯著本莉露看，加重說話的語氣。

「妳又要來欺負我們嗎？」

本莉露把頭歪向一邊，用沒有起伏的聲音回答。

「我說啊，妳姊姊想要幫妳尋找鳥公主嗎？她不是說那些鳥人根本可以放著不用管嗎？而且她踩壞了別人的東西，不是也沒有道歉嗎？所以到底是誰在欺負人呢？」

聽到這裡，露子感覺自己的心不斷往下墜。

（本莉露說得沒錯，跟她比起來，明明是我更過分……）

「欸，我說妳們啊，雖然我搞不清楚情況，但吵架是不好的喔。」

鬼魂出聲勸阻，但是他的聲音相當軟弱，所以沒有人把他的話聽進去。

「妳是逃來這裡的吧？妳不是要從姊姊的身邊逃走，再也不回去那個有妳最討厭姊姊的家嗎？」

莎拉綁在額頭上的瀏海不斷搖晃，就像是不畏颱風的天線。她露出自己是全世界最勇敢女生的表情，開口回答。

「人家會回家！人家會回家把拼圖全部拼好，然後送給姊姊，才不是給媽媽！」

莎拉的話讓露子有些震驚，她不由得低頭看向妹妹。莎拉拼到一半就丟下不管的那個拼圖……難道她怒氣沖沖的在下雨天跑出門，是因為自己說要把拼圖送給媽媽嗎？當時自己以為莎拉想要那個拼圖，還說了很壞心的話……

本莉露似乎開始激動起來，她的眼睛從先前的灰色轉變為綠色，兩條辮子和歪曲的手杖上，也冒出微弱的靜電。

「什麼跟什麼啊……所以呢？那樣的話，妳當初乖乖待在家裡拼拼圖就好啦，大老遠跑來這種地方做什麼？」

自在師套著黑色長靴的腳往露子他們踏近一步。露子吃力的深吸一口氣，朝自在師那雙顏色不定的眼睛看回去。

「那、那種事跟妳沒關係。我根本就不認識妳，這句話要講幾次妳才會懂？」

露子把害怕得動不了的內心推到一邊，擠出自己所有的勇氣。

「舞舞子已經來了，所以我不怕妳。我們馬上就要回去『下雨的書店』，舞舞子和『尊貴的大人』，還有渡渡鳥公會都在準備治療古書先生的滅絕感冒。雖然不知道妳在打什麼主意，但我們是不會讓妳得逞的。」

露子的聲音顫抖著，但她的聲音即使軟弱，也明顯的發揮出意想不到的威力，將本莉露駁倒。靜電使本莉露的兩條辮子翹到肩膀上，黑白條紋的衣服也隨著身體的擺動像是扭動了起來。

「為什麼？」

這一刻，自在師的雙眼幾乎完全褪去色彩，只剩下在瞳孔中央晃動的黑點瞪著他們。

「為什麼老是要妨礙我？因為我是自在師嗎？因為我是改變這個世界的壞人嗎？那我問妳，我這個到處受人厭惡、被當作麻煩鬼的傢伙，到底該待在哪裡才好？我也不是想當自在師才變成自在師的啊！」

現在，連小小的紙捻都被藍白色的電流燒得焦黑。這下子露子總算能夠確定了，地上那堆紙捻肯定全部都是本莉露做的。她孤伶伶的在這座塔裡……

寂寥的情緒交纏在一起，懸掛在露子的心中。不知道為什麼，露子也非常了解那種情感。

本莉露用白皙的手拿起手杖，舉起歪歪扭扭的問號，在什麼都沒有的空中寫下文字。

「既然這樣，那我也不認識妳。我要讓所有人都變得跟妳形同陌路。」

十四　往出口前進

「啊──！」

直到聽見鬼魂高八度的哀號，露子這才回過神來。她一吸進空氣，便立刻被灰塵嗆到，而且咳了好一段時間。她抹掉因為咳得太激烈而流出來的眼淚，再次環視塔內，卻發覺身旁的莎拉不見蹤影，因而整個腦袋陷入凍結。

「莎拉？」

文字沒有絲毫變化，依舊是一段段連成串的故事和旋律。在這個寬廣的空間裡，只剩下被拋下的露子和鬼魂。

「快看，快看啊，我的稿子！那上面寫著很重要的情節耶！」

鬼魂之所以這麼驚慌，不是因為他們被關在塔裡，也不是因為莎拉不見了。他用長得像是寒天的手指著前方，在眾多紙張中，能看見寫著歪七扭八文字的稿紙，牢牢的黏在地板上。

「怎麼辦，怎麼辦，怎麼辦啊！」

愣在原地的露子為了先讓鬼魂冷靜，打算蹲下把掉到地面的稿紙撿起來……但是不曉得怎麼搞的，不管她再怎麼用手拿，那張紙就是文風不動。它已經緊實的化為地板的一部分，彷彿從一開始就黏在那個位置。

「怎麼辦，怎麼辦？少了這張稿紙，故事就接不起來了。這樣一來，讀者就不知道主角的敵人為什麼要吞下綠鬣蜥的骨頭了啊！」

留在鬼魂肚子裡的其他稿紙，因為他的哀號而不停抖動。

「先等一下……現在不是擔心那種事的時候吧？你看清楚情況，我們被關起來了耶。」

聽到露子緊繃的聲音，鬼魂這才抬起頭，觀察他們目前的處境。不用說也知道，接下來又是一陣幾乎要劃破空氣的高八度哀號。

「怎、怎、怎麼會這樣？莎拉到哪裡去了？」

「不知道。本莉露用了魔法，現在我們被困在這裡出不去了。」

露子按著快要跳出來的心臟跑到牆邊，把手放到牆上試圖滑動它，不過紙張疊得很緊實，沒有半點要移動的跡象。最後，鬼魂無力的癱坐到地上，開始啜泣。

「怎麼會這樣……我就是看那個叫本莉露的女孩好像要做什麼，感覺會發生很可怕的事才抓住莎拉的手耶。可是這張稿紙突然從嘴巴飛出去，我就伸手想要抓住它，一定就是在那個時候，不小心放開了莎拉的手。我、我該怎麼辦……」

「現在說這種話也沒用啊……」

鬼魂抽抽噎噎的哭聲，緊緊揪住了露子的內心。露子仰望天花板——因為光芒太亮，其實根本看不到天花板——拚命想辦法。

（冷靜下來……林檎林加鐵路就停在高塔的外面，要是我們不見了，其他人一定會發現。舞舞子和電電丸一定會來救我們……而且，沒錯，莎拉一定是跟舞舞子他們在一起。）

可是，如果不是這樣呢？

一陣寒意竄上露子的背脊，貫穿她的額頭，被吸進高聳的天花板。

為了把滿肚子的恐懼感一掃而出，露子使盡吃奶的力氣朝天花板吶喊。

「喂——！」

鬼魂被她宏亮的叫聲嚇到，但他也馬上跟著做。

「喂——喂——我們在這裡啊！」

「莎拉，妳聽得到嗎？快來人啊！」

外面沒有傳來任何反應。鬼魂一邊喊著一邊往上飄，說不定天花板附近有

可以出去的地方……但是才飄到一半，他就像洩了氣的氣球，落回露子所在的地方。

「不行，總覺得我們必須待在一起。要是現在到外面，我好像會忘掉什麼重要的事情。」

露子對鬼魂的話感到疑惑，同時盡可能的把身體往後仰。她看著天花板後仰到背都開始痛了，他們此刻就像是沉到井底的沙粒一樣。

巨大的寂靜積壓在他們身上。

露子和鬼魂像無頭蒼蠅一般，在塔內漫無目的的走著。舉目所見，只有在牆壁間縱橫交錯的階梯，看起來可以連通到某個地方。

他們不發一語，默默的向樓梯前進。

塔內寬廣得令人驚訝，就連距離他們最近的樓梯，他們也遲遲到不了。鬼魂終於受不了再沉默下去，努力裝出一派輕鬆的模樣吹了聲口哨（他只吹出噓——的氣流聲）。

「莎拉變得很可靠，身體也很健康呢。跟之前比起來，她好像突然變成大姊姊了，所以她一定不會有事的。」

露子用力點頭，但是什麼話也不說，只是埋頭看著腳下的紙張和寫在上面的文字，繼續往前走。

「是啊，莎拉一定沒事。她現在已經很少感冒了，也不會因為想要我的玩具就哇哇大哭，還能夠自己做到我想像不到的事。」

聽到自己的聲音帶著哭腔，漸漸變得洩氣，露子不禁嚇了一跳。驚嚇讓她的內心產生動搖，淚水就這麼湧了出來，她急忙用手背拭去淚水。

會說出要把心愛拼圖送給姊姊的莎拉已經長大了，現在的她，是個遠比露子堅強、善良的女孩，不再是那個老是哭鬧、動不動就發燒，總是黏在自己身邊打轉的小妹妹。

（就算我不在身邊，她也不會有事的。）

明明想著莎拉一定平安無事，但是露子的內心不知道為什麼，就像水果過熟被擠壓變形那樣疼痛不已。

這時，一行文字不經意的躍入露子眼中。

『他來到蠟燭鎮的時候，正值十四歲。』

露子鞋尖前方的一張紙上，印著這一行文字。露子眨了眨眼，納悶自己為什麼會沒來由的注意到這行字。不過，她很快就明白了。構成這座塔的紙張上，幾乎都是用陌生國家的陌生語言所寫下的文字。不管文字看起來多美麗，只要不知道讀法就無法得知其中的意義。然而露子現在看到的文字，正好就是以她平時再熟悉不過的語言寫成。

剛才最先看到的那句話，似乎出自小說的其中一頁。露子低頭掃視地面，尋找其他看得懂的內容。前方不遠處，果然又出現了熟悉的文字。

『如您所知，白葡萄酒經常用在魚料理或外觀呈現白色的料理上。』

這次的文字，好像是在介紹料理製作方式。接著，露子又發現前面還有另一張紙，於是舉步往那裡走去。

『就這樣，齊加尼亞人在往後的四百年中，不斷尋找低溫熱液礦床6，周而復始的在大陸之間遷徙。』

這張紙上的字比螞蟻還要小，大概是一本講述歷史的書吧。讀著讀著，露子感覺之前遺落的心迅速回到了原位。用熟悉文字寫成的陌生文章，化為實實在在的養分，將露子的心重新拼回她的胸口。

『哥哥他們聽到那個聲音，馬上趕到了井邊。然而，他們還是沒能阻止黑魚造成的狂風暴雨。』

『貫穿整個宇宙的碎形結構[7]，可望在挖掘沉積於大氣層底部的化石時，成為最理想的工具。』

『早餐吃完炒蛋後，就要把手槍插進皮帶，再怎麼不情願，也得出門去幹今天的活了。』

『工廠裡的庭院總是處於寒冬。每天早上，每個作業員都會在那裡領到裝著薄荷糖的罐子。』

雖然有些文章艱澀難懂，露子還是可以順暢的閱讀。她就這麼一張接著一張看下去，回過神時，她發現自己已經踏上階梯，這才終於把頭抬起來。

「古書先生要是來到這裡，肯定會把自己關到不知何年何月吧。」

鬼魂以開玩笑的口氣這麼說。此刻的他也被文字海洋震懾得眼花撩亂，一

6　火山岩漿加熱寒冷稠密的水流後，密度變小的熱水向上流動形成熱液循環，因此現象形成的脈狀礦床。

7　一種不規則的特殊幾何圖形，可分成數個部分，而且每個部分在縮小後都具有相似的結構。

半的魂魄都不知飛到哪裡去了。

階梯同樣是用紙張構成的，上面沒有任何可以攀扶的地方，而且寬度大約只勉強容得下成人的一隻腳。這是既沒有柱子在底下支撐，也沒有繩子從上面吊著，在遠得不得了的牆壁之間搭起的階梯。

露子嘆了一口氣，用腳支撐著身體踏上階梯。這道階梯要花上多久的時間才能爬完呢？她能夠在累得動不了之前爬到塔頂嗎？儘管有所不安，但這個空間被光的雕刻照得很明亮，精心寫下的諸多文字也受到靜止的時間保護，這些事實將她的恐懼感悄然無聲的帶至塔底。

這時，露子的腦中閃過一個念頭。

（靈感的稿子也會一直被保管在這座塔裡。未來有一天，要是有人像我們這樣來到塔裡，就會看到靈感寫的文字……）

那真是個天方夜譚。如果未來有一天，有人在這裡讀到鬼魂用軟趴趴字跡寫下的荒誕故事，然後忍不住噗哧一笑——想到這裡，露子的心跳突然開始加速。這麼奇妙的事情真的有可能發生嗎？這需要耗費超乎想像的時間，而且沒有確切的把握，是比魔法更不可思議的事情。

露子和鬼魂沿著階梯一級一級往上爬。

「話說回來，剛才那個女孩真恐怖，但是又感覺跟妳有點像。」

鬼魂跟在露子的身旁，飄浮在空中移動，同時對她這麼說。露子聽了，慌慌張張的瞪了他一眼，腳步也踉蹌了一下。

「我像本莉露？我們才不像呢。雖然年齡差不多，但我才不會像她那樣。」

「是嗎？我倒覺得妳們在性格乖僻這一點還滿像的。」

好幾段階梯在途中互相交錯，並且一路往塔頂延伸。露子一想到自己身上沒有蝙蝠雨衣，手臂不禁泛起了雞皮疙瘩。

別說是蝙蝠雨衣了，她連平常穿的雨衣都沒有。她鍾愛的那件淺綠色雨衣放在火車上，雖然現在沒有下雨，所以不穿雨衣應該也沒什麼關係，但她還是覺得自己像沒買票就搭火車的人，做了什麼難以挽回的事，全身因此打了個哆嗦。

階梯以超乎想像的陡峭角度，帶著露子逐漸遠離地面。她把精神集中在自己的腳下，同時想著：這棟建築物一定是設計給有翅膀的人用的。

就在他們只差幾步就要抵達另一端的牆壁時——

頭頂突然傳來聲音，讓露子頓時重心不穩。

「露子，妳在這裡啊！」

露子對那個聲音相當熟悉，所以想呼喚對方的名字作為回應，不過衝口而出的卻是近乎破音的驚聲尖叫。

「啊——！」

她找不到身體的重心，整個人被拋出階梯——要摔下去了！

「啊——！」

鬼魂跟著發出慘叫，他被嚇到甚至忘記要抓住露子的手。

從天花板像老鷹一樣，朝露子急速俯衝的那個藍色身影，究竟能不能趕上呢？

十五　「剩餘者」

就在露子以為自己要撞上地面，緊緊閉上雙眼的那一刻，上方伸出一隻手順利抓住了她。

伴隨著響亮的拍翅聲，頭上傳來彷彿小熊找到玩伴時的開朗聲音——

「我來囉，露子！」

星丸如此叫道。

此刻的露子一隻手被抓著，懸吊在腳尖幾乎要碰到地面的高度，嚇得發不出任何聲音。從階梯上摔落時，她的心臟彷彿上下顛倒，遲遲無法恢復原狀。輕飄飄落地的鬼魂，在經歷一陣驚嚇和安心後，身體像融化的冰淇淋般變形攤開。

星丸拍動從衣服後背長出的翅膀，和露子一起降落到地面。他一如往常的打著赤腳，和露子一同在堅實的地板上落腳。

星丸像往常一樣頂著亂蓬蓬的頭髮，從中可見額頭上的星星圖案，臉上露出愛惡作劇的表情，一副精神充沛的樣子。不過……他的眼睛漸漸愈睜愈大，原本張得開開的嘴巴也縮了起來。

「怎麼啦，露子？臉上的表情看起來好恐怖。」

被星丸這麼一說，露子才意識到自己正擺出臭臉瞪著他，連忙按住臉頰搓揉了幾下。

「我找你們找得很辛苦耶。明明到了下午茶時間，結果人都不在，真的很過分耶。」

說到這裡，星丸用手指搓了搓額頭上的星星圖案，好像在說：「不過啊，只要有這個就沒問題！」

「星、星丸，你是怎麼……」

你是怎麼來到這裡的——露子還沒問完，有個東西便輕飄飄的掠過她的眼角。

「——莎拉？」

那個東西和莎拉簡直是用一個模子印出來的，露子不禁脫口喊出妹妹的名字。不過，那個身形遠比莎拉嬌小，很明顯不是人類女孩。

那是一隻撐著羽毛傘的小鳥。

「妳在叫我嗎？」

小鳥下降到快要貼到地面的高度，接著又往上浮起，同時發出玩具般的高亢聲音。露子的視線牢牢黏在小鳥身上，甚至忘了要眨眼睛。這隻小鳥的身上披覆著光滑的白色羽毛，與其說是飛在空中的小鳥，反倒更像是南極企鵝。她的鳥喙扁平，額頭上有根翹起來的羽毛，看起來跟莎拉綁在額頭上的瀏海如出一轍，她身上的羽毛也和莎拉的雨衣一樣是白色。

最關鍵的一點，在於她手中（正確說來是翅膀）那把精緻的傘和莎拉用「夢之力」做出的羽毛傘一模一樣。

露子的腦袋突然啪的靈光一閃。

「妳是……鳥公主？」

這下子，小白鳥圓滾滾的眼睛睜得更圓了。

「哎呀！妳怎麼知道我是鳥公主呢？」

這究竟是什麼巧合啊！莎拉在沙漠裡答應要尋找的鳥國公主，竟然跟著星丸一起出現了……

這時，星丸褲子上的口袋蠕動起來，另外兩隻動物從中探出頭，開始你一言我一語。

「等一下等一下，這是怎麼回事，妳知道鳥公主？」

「不是吧，她看上去只是個普通人類耶。」

那兩隻動物分別是有一雙大眼睛的壁虎，和鰭上有銳利鋸齒的魚。露子先是驚訝了一下，接著立刻有種在哪裡聽過這三個聲音的感覺——一次是在市立圖書館，另一次則是在黑暗的隧道中。當時自在師模仿給她聽的，毫無疑問就是這三個聲音。

「你們是『剩餘者』？」

三個生物一聽到這個詞彙，立刻倒抽了一口氣。這群小生物陷入慌張，六隻眼睛都露出驚恐的神情。

「什麼？她知道那種事情嗎？」

「不是吧，這可真是稀奇呀！」

「該不會該不會——這個女孩其實是自在師嗎？」

鳥公主在空中劇烈的飛上飛下，壁虎扭動身體一路爬到星丸的頭上，只有魚還待在口袋裡。

「露子，你們早就認識了嗎？」

露子對表情困惑的星丸用力搖頭否認。

「不認識不認識，而且我也不是自在師。」

塔內莊嚴肅穆的寧靜氣氛，被這些小生物毫不客氣的打破。

「天啊，我們這是自投羅網，主動出現在自在師的面前啊！」

「該不會該不會，一切都到此為止了嗎？」

「這真是太可怕了。我們好不容易從天候大納言那裡逃出去，還到了外面的世界……但終究沒能逃離自在師的魔掌。」

星丸不理會那三隻吵鬧個不停的小生物，對露子和鬼魂提高嗓音說：

「這幾個傢伙是我在『下雨的書店』發現的。真是嚇到我了，店裡不但找不到舞舞子姊姊，古書先生也在睡覺，而且嘴裡還一直念念有詞。這幾個傢伙把店裡的書東一本西一本的抽出來，害書芊和書蓓不知道該怎麼辦，所以我就把他們帶過來了，而且他們好像也有各自的家。」

星丸挺起胸膛，搓了搓鼻子。看樣子，他找到「送三隻小生物回家」的新冒險，所以心情好得不得了。不過，現在可不是冒險的時候。露子提高音量，蓋過星丸興高采烈的聲音和三隻奇妙生物的吵鬧聲。

「你在外面有沒有看到莎拉？我們被自在師關在這個地方，莎拉本來跟我們在一起，後來卻憑空消失了。」

星丸和三隻小生物聽到情況非同小可，全都像是被人潑了一盆冷水似的，立刻安靜下來。星丸對露子搖了搖頭。

「沒有，我沒看見她……我們進來這座塔之前，發生了很奇怪的事。我先是聽到了某個聲音，才往這個方向過來。其實我也不確定那算不算是聲音，總之聽起來很像是鬼魂的尖叫聲。另外，我還有看到火車冒出的白煙。不過在我快到這裡的時候，我竟然忘了自己為什麼要飛來這裡，也忘記剛才聽到的是誰的聲音，原本升得高高的白煙，也像被人收起來似的不見了。但我還是覺得先看看這座塔再說，然後就發現樹枝上卡著這個東西——」

星丸說到這裡，把手伸進屁股後方的口袋，掏出一根潔白無瑕的羽毛。這根羽毛大概是接觸到蜘蛛網，上面沾著很細很細的晶亮銀絲。

「我就是在看到這個東西的瞬間，才想起了鬼魂的尖叫聲。在那之前，我可是把尖叫聲和鬼魂都忘得一乾二淨了。啊，還有露子也是，我是看到這根羽毛，才突然想起你們兩個。不過這是誰的羽毛啊？我怎麼會把你們給忘了呢？」

星丸愈說眉頭皺得愈緊，歪頭露出疑惑的表情。他疑惑的模樣，讓露子也跟著從他的話裡抽絲剝繭。

「你會忘記我們，搞不好是魔法造成的。因為本莉露說過，她要讓所有人都跟我形同陌路。塔外的人大概跟你一樣，統統都忘掉了我和靈感的存在……不過從莎拉傘上掉下來的羽毛，說不定在本莉露的魔法上製造了裂縫。」

倘若真是如此，舞舞子他們該不會就這樣忘了露子，跟著火車一起離開了吧？

這樣一來，更沒有辦法知道莎拉有沒有跟舞舞子他們在一起了……不過從傘上掉下來的這根羽毛，潔白得足以消除在胸口騷動的不安。這根由耀眼光輝凝聚而成的潔白羽毛沒有一絲紊亂，凜然的向外伸展，彷彿在告訴露子：拿出勇氣來！

為了見到莎拉，現在得要往前踏出腳步才行。

「你們幾個，之前在市立圖書館出現過對吧？你們當時在那裡做什麼？」

露子問完，從星丸頭上移動到額頭的壁虎，用貓眼石般的眼睛細細打量她。一身灰色和翡翠綠斑紋的壁虎，就像是會扭來扭去的珠寶。

「該不會該不會，妳以為我會回答自在師這種問題吧？」

「就跟你說了我不是自在師！本莉露才是自在師，我的名字是露子。」

儘管露子已經開口解釋，但壁虎、魚和小鳥仍然用懷疑的眼神看著她。

「露子跟本莉露聽起來很像呢。」

「什麼跟什麼啊，我都搞不懂了。自在師是什麼玩意？」

星丸搔了搔耳後，看起來滿頭都是問號。

鬼魂拉高音調尖聲回答。

「我們被那個叫作本莉露的女生關在這裡，但是她把我們關起來之後，自己就不知道消失到哪裡去了！」

一瞬間，所有人都閉上嘴巴，由紙張建成的塔內恢復了原有的寂靜。

「所以說，你們也是被自在師誘拐來的嗎？」

鳥公主轉著傘，發出細小的聲音詢問。

「我不是一開始就這麼說了嗎？」

她停止轉動傘，筆直的看向露子。

「也就是說，妳不是自在師對吧？我們確實去了外面的世界，倒是妳在那種地方做什麼？是誰派妳來偷聽我們的對話嗎？」

「我也不是誰派來的啦！我和妹妹莎拉是人類，會在外面的世界本來就很正常，只是碰巧在圖書館聽到你們的對話。而且妳聽我說，之前我跟莎拉去過鳥人的國家，那些鳥人誤把莎拉當成了鳥公主，後來莎拉和他們約好會把公主找回去，如果妳是真正的鳥公主，請妳跟我們一起走。」

露子一本正經的說著。三隻小生物聽了，表情逐漸產生變化。

「妳說妳們去了我的國家！妳說的是沙漠裡的鳥國嗎？」

鳥公主「嗶嚕嚕」的發出高亢鳥鳴，傘上的羽毛也隨之膨脹起來。

「既然妳是跟自在師戰鬥的人，我就跟妳坦白吧，而且這位青鳥男孩看起來也願意幫忙。」

小鳥說著，再度轉起了傘，在環視露子、星丸和鬼魂之後，開始娓娓道來（其實露子根本沒有跟自在師戰鬥，但她決定現在先不說這件事）。

「我們正在找一本書。雖然不知道那是什麼樣的書，也不清楚它在哪裡，但我知道自在師很想讀那本書，那想必是一本能給予自在師更恐怖力量的魔法書。我們打算找出那本書，避免它落入自在師的手中，否則自在師要是變得比現在更厲害，我們可就沒辦法打倒她了。」

聽到這裡，露子回想起自己聽過「剩餘者」說要把書燒掉。能給予本莉露比現在更強大力量的魔法書……自在師得到那種東西之後，打算做什麼呢？

「打倒自在師這種事，辦得到嗎……」

「剩餘者」接下來的話，打消了露子的動搖。

「對極了對極了，要是不打倒自在師，她肯定還會再來。」

「沒錯，這兩位分別是沙漠的鳥公主，以及烈焰岩石屋的寶物守衛，而在下是黑暗沼澤的主人。我們可是各有價值、不容小覷。」

看樣子，這三隻生物都有和「剩餘者」極不相稱的響亮頭銜。

露子再次開始思考。若是一直維持這種狀況，露子確實也會面臨「剩餘者」擔心的事。說得明白些，即使露子回到「下雨的書店」，也不知道自在師什麼時候會再度上門。話雖如此……先前本莉露還在塔裡的時候，她用快哭出來的神情吶喊的模樣，看起來就只是個嬌小的女孩。一個和露子沒什麼兩樣，極其平凡的女孩……

（即使如此，本莉露還是太過分了。但是……莎拉受到那麼過分的對待，仍然答應鳥人要幫助他們。）

這麼一想，忽然有一行文字躍進了露子的眼簾。

『如果你真的要去尋找那樣東西，便得在象牙蠟燭點上地底的火焰。』

不知道是不是眼睛的錯覺，從高處窗戶照射下來的光柱，彷彿是樹林間灑落的搖曳陽光，在地面上移動。接著，光柱照亮了別處的另一篇文章。光芒移動的細微幅度，要是沒有睜大眼睛仔細觀察，幾乎不可能看出來……

『「百鏡之間」的設計圖藏在小說的書頁裡，但它跟其他為數眾多的資料混在一起，因此非常難以尋找。』

就在露子掃視密密麻麻的文字時，光柱又照向不同的地方。露子立刻追上去。這座塔裡，似乎有個隱藏的拼圖逐漸被拼湊成形。

『在草木枯萎的冬季庭園一角，可憐的落單魚兒住在混濁的噴水池底，一天天的累積著壞魔法。』

露子感覺心臟被重重搥了一下。這段文字的內容，簡直就像是在形容本莉露。雖然寫著這段文字的紙張看似年代久遠，應該和自在師沒有任何關係，只是某篇故事的其中一頁……

「喂，妳在做什麼啊？」

其他人看到露子突然到處跑來跑去，都覺得很不可思議。露子繼續盯著地面，頭也不回的應答。

「等等，這裡寫了自在師的事情……不對，雖然不是關於自在師，但這座塔裡有一些記載……」

『兔子玩偶用熟練的動作使出撲克牌。詛咒被鋒利的紙牌一劃，出現了裂縫。』

如同這段文字敘述，莎拉那把傘的羽毛，在自在師的魔法上製造了裂縫。下一段文章是這麼寫的。

『船長大喊：「我們走，無論如何都要捉到那隻巨大生物！那傢伙打算趁著這場暴風雨躲到雲上。」』

巨大生物？露子用手輕觸下巴，稍微思考了一會兒，然後恍然大悟——舞舞子在火車上說過，她和電電丸去見了「尊貴的大人」，難道他們也該去見天候大納言，也就是本莉露原本打算致贈「剩餘者」的對象嗎？

『這是當然的。來，請抬起您大得離譜的尊臀，開始施展魔法吧。』

讀到這行語氣雀躍的文字時，鳥公主飛了過來，在露子的肩上凝視她。

「我說妳啊，該不會有什麼可怕的打算吧？」

「為什麼這麼說？」

露子一邊用眼睛追逐移動的光柱，一邊反問。鳥公主發出短暫的鳴叫作為警告。

「因為妳看來看去，果然和自在師有點像。現在的妳，就像是悄悄靠近獵物的蝙蝠。」

露子看到的下一段文章和之前有所不同，是以手寫字書寫而成。手寫字十分潦草，她一時之間無法看懂。

『你竟然問我，為什麼要吞下綠鬣蜥的骨頭！這還用說嗎？就是要將畏懼的事物納入自己的身體，才有辦法擊潰仇敵。起身上路吧，現在已經沒什麼好懼怕的了！』

露子像彈簧似的猛然抬起頭。此刻她站立的地方，正是當初剛到塔裡的所在地，同時也是鬼魂弄丟稿紙的地方。她正在讀鬼魂寫的故事，不過鬼魂的字醜歸醜，卻也充滿了自信！他寫的時候使盡了吃奶的力氣，所以稿紙才會扭曲皺摺，上面的文字也變得更難閱讀。

（所謂的故事就是要這樣寫嗎？感覺像是使出全身力氣去衝撞……）

接著露子抬頭環視塔內。四周充滿著數也數不清的故事、高深的知識、遙遠的靈感、不會消滅的音樂、寫給某個重要人物無可取代的信——為了持續追求某種美麗、美好的事物，有這麼多、這麼多，多到超乎想像的東西被點綴成文字。

「起身上路吧。」

露子低聲念出稿紙上的文字，確認這句話銘刻進自己的心裡。鬼魂和「剩餘者」只是睜大眼睛，不曉得她在做什麼，但是星丸精神抖擻的拍了一下手。

「上路去冒險，對吧！」

露子面帶笑容，回頭看向星丸。她接下來要說的話，想必又會在「剩餘者」之中引起大騷動，不過那又怎麼樣呢！

「當然了——首先，我們得去找天候大納言。」

十六　天氣百會口

不出所料，「剩餘者」一聽到露子這麼說，紛紛大聲嚷嚷。

「果然啊果然啊，妳其實是自在師的同夥吧！」

「妳說要去找天候大納言？我們怎麼可能會去啊！」

「說的沒錯。我們好不容易從那裡逃出來，才保住一條小命的。」

不過，抗議得最大聲的，其實是鬼魂。

「夠了！不管你們要趕走誰還是打倒誰，那種暴力的事情去別的地方做啦！我得回到火車上……不回去的話，我的稿子就要開天窗了……那樣的話，誰來付莎拉的車資啊……」

說著說著，鬼魂摀住臉開始哭哭啼啼。然而，現在除了讓他跟著一起去，也沒有其他的選擇。

「靈感，你也要一起去。火車開去哪裡你曉得嗎？想再次見到莎拉他們，我們只能踏上冒險之旅了。」

鬼魂一聽眼淚立刻停了下來，表情和全身都變得十分僵硬。

「而且我的蝙蝠雨衣不在身上，沒有別人幫忙就飛不起來。」

星丸用袖子遮住嘴巴，發出噗哧的聲響。

「你覺悟吧，露子可是很重的——好啦，既然決定了，那就出發囉！」

「剩餘者」頓時陷入驚慌。烏公主一邊像陀螺般打轉，一邊在星丸的鼻尖上發出「嗶嗶嗶」的警告聲。

「我可不是在開玩笑！你以為我們是為什麼才逃出來的？」

面對拚命阻止的烏公主，星丸只是歪起頭，輕描淡寫的回應。

「不就是要趕走自在師嗎？而且你們也找過魔法書，但是沒有找到嘛，所以這次得試試其他方法。不過我不知道天候大納言是什麼就是了。」

「剩餘者」這才像是被拔掉脊椎似的，可憐兮兮的垂下頭。烏公主癱坐在星丸的肩膀上嘆了一口氣，壁虎咻溜溜的爬回口袋，魚則是遮住整張臉，三隻生物統統都不發一語。

星丸拍了拍翅膀，用光溜溜的腳尖在紙鋪的地板上用力一蹬，轉眼間便和空氣嬉戲起來。鬼魂從露子身後抱住她，搖搖晃晃的飄起來。露子把頭轉向鬼魂，為他加油打氣。

「好啦，別那麼消沉。虧你在寫故事的時候，寫得出那麼有勇氣的台詞。」

星丸聽了，在他們的身邊快速繞一圈，打趣的說：

「他不是消沉，是因為妳很重。」

「星丸！」

一行人越過縱橫交錯的階梯，朝著正上方筆直飛去。構成牆壁的紙張上，那些已經遠到看不清楚的文字，一點一點的往下退去。露子使勁仰著頭，定睛凝視光芒滿溢而出的天花板。

過不了多久，他們便發現頭頂上並不是天花板。這座塔既沒有天花板，也沒有屋頂，光線從大大敞開的頂端洶湧而入，完全遮住了外面的景物。他們一進入宛如神明萬花筒的潔白光芒中，立刻因為太過眩目而不得不閉上雙眼——接著，當眼皮下忽然轉為令人懷念的色彩時，他們已經置身在藍天底下了。

星丸飛出高塔後，朝著自己面對的方向前進，並且回頭詢問露子。

「好啦，那個叫天候大納言的住在哪裡？」

被鬼魂抓著飛行的露子，回頭看向「書之塔」，隨後被那座塔的高度嚇了一跳。圍繞高塔描繪出完美圓形的河流以及廣大森林，看起來就像是畫在地面上的圖畫。森林裡到處都看不到火車冒出的煙，星丸說的果然沒錯，那輛紅通通的火車，沒有等待露子他們便離開前往下一個目的地了⋯⋯

「我猜那位大概住在很高的地方，像是雲朵的上方……」

露子回答得很含糊，但這也不能怪她，畢竟舞舞子當時隻字未提「尊貴的大人」住在哪裡，本莉露也沒有說過這件事。露子對那個叫作天候大納言的存在到底位於什麼地方，而且長得什麼樣子，一點概念都沒有。

「那就是跟電電丸一樣，在雨童住的那種地方囉？電電丸也是住在雲上嘛。」

星丸開始東張西望，打算從附近的雲開始找起。就在這時——

「千萬千萬，別以為天候大納言的住處那麼好找。」

壁虎從口袋裡探出頭，雙眼睜得老大。

「說得沒錯。天候大納言居住在雨雲之海的最深處，日照沙漠的盡頭，與暴風雪利牙連接之地的閃電森林另一端——」

烏公主接在魚之後繼續說下去。

「在渡過天氣百會口的地方。」

露子、星丸和鬼魂面面相覷。

「天氣百會口？」

「沒錯。如果沒辦法渡過那個最可怕的地方，就到不了天候大納言的住處。」

鳥公主這麼說之後，從星丸的肩膀浮到空中，把鳥喙埋進胸口陷入沉思。

「不過這可傷腦筋了。如果要渡過天氣百會口，首先得要呼喚風或雨。自在師是用那把手杖聚集天氣的——」

「那就讓我來吧！之前我跟電電丸學了怎麼吹指哨呼喚雨雲。」

星丸在空中踢著光溜溜的雙腳，整張臉容光煥發。鳥公主、壁虎和魚則是把臉皺成一團，你看看我，我看看你，但他們最後只是輕輕嘆了一口氣。

「沒辦法了，反正我們想逃大概也逃不了，那就幫你們一把吧。在塔的旁邊呼喚風雨會有危險，我們先找個更開闊的地方。」

鳥公主讓風撐開白色的傘，飛了起來。她雖然還只是嬌小的雛鳥，但是對這種飛行方式沒有一絲遲疑。跟在她後面的露子，忍不住開口問：

「鳥公主，為什麼妳不惜做到那種地步，也想回去自己的國家？就算妳真的回去了，也只是為其他鳥人擔任危險的偵察工作吧？」

白色的傘在正上方陽光的照射下，像雪一樣晶亮閃爍。

「妳的問題真奇怪！若要說為什麼，因為那裡是我的故鄉啊。妳是不是以為我被迫接下偵察工作很可憐？一點也不。我打從還在蛋裡的時候就抱著這把天傘發誓，沒有什麼事比保護不了國民更加恥辱！

妳應該不曉得吧。判讀沙漠夜空中的星座時，那種和世界核心相連的喜悅。每當綠洲裡的高塔在黎明時分染成沙漠桃的顏色，那種彷彿親手摸到嶄新一天的感覺。沙漠無邊無際的寂靜，連綿不斷的時間化為葉片，不斷數算綠洲的藤蔓……在沙海裡靜靜游泳的蛇、有著紅色眼睛的蠍子、不管在多麼嚴酷的高溫和飢餓中都咬牙苦撐的堅忍瘦狐狸……」

鳥公主的話語，堅定不移的刻畫在空氣中。

「從以前到現在，鳥人就是在觀測星象、撰寫星座的故事、照顧綠洲的植物中生活過來。我們不與住在沙漠的蛇跟蠍子戰鬥，而是把自己的性命託付給僅有一隻的偵察鳥……我們不知道自己做的這些事，有沒有幫助到其他人，我們只知道自己居住的環境有多麼嚴苛殘酷、多麼美麗。自己儉樸的生活其實無與倫比的富足，而且在這個世界上絕無僅有。

鳥人有鳥人的生活方式，如果妳以為能用自己的標準衡量世界上的一切，那可就大錯特錯了。」

露子什麼話也說不出口，只能頻頻眨眼，避免風吹進眼睛。

（莎拉該不會早就明白了吧……並不是那群鳥人過分，只是他們和我們不同罷了。）

在鳥公主的帶領下，露子一行人不斷飛行。他們總算飛過森林的盡頭，腳底下轉為廣大的草原，綠色波浪無止盡的起起伏伏。

「到這裡就沒問題了。」

隨著鳥公主這句話，他們開始下降，準備著陸。星丸興奮得不得了，一副興高采烈的樣子。

「我等這個機會已經等很久了！雖然電電丸說過，不是雨童的人因為沒有自己的雨雲，所以吹指哨也不會有反應。」

露子露出不敢置信的表情。

「那不是根本不知道能不能叫過來嗎！」

「一定能叫來啦，鳥可是比雨童還要懂天氣喔。」

星丸還是那副老樣子。

「聽好喔？你要做的是朝四個方位呼喚風雨。」

鳥公主把方法告訴星丸。星丸的腳尖一接觸到草地，便用手指比出一個圈，把吸得飽飽的空氣吹出來。

嗶——————！

高亢的指哨轉眼間便響徹廣闊的草原，直達最遙遠的邊際。星丸改變身體的方向，往東、南、西、北各吹一次。

過了一陣子，什麼變化都沒有發生。天空依舊蔚藍開闊，青草依舊輕輕搔著露子的長靴。看樣子，星丸的指哨果然行不通嗎？充滿緊張和期待之情的呼吸憋在胸口，即將轉變為嘆息之時——

鬼魂第一個感覺到異變。他說全身酥酥麻麻的，就好像有靜電流過。

「不會錯的，要來了。」

鳥公主全身的軟毛都豎了起來；壁虎和魚跟著聚精會神，偵測仍在遠方的氣息。至於鬼魂，他為了找身上發癢的地方一直動個不停，害得大家頻頻分心。

「喂，靈感，你不要亂動啦。」

鬼魂一副渾身不舒服的扭來扭去，於是露子不悅的念了他一句。

「我知道啦。可是、可是身體麻麻的，很癢耶……」

空氣中混進燒焦的臭味，地上的青草如同貓咪預知到暴風雨將至時背上豎起的毛髮，開始產生騷動。

太陽不知道在什麼時候失去了蹤影。灰暗的天空中，風從遠方呼嘯著吹送過來。露子緊緊握起拳頭，看著陣陣襲來的旋風把星丸的頭髮吹得直豎。

這時，一片稀薄的雲絮掠過露子的長靴，那不是霧也不是靄，確確實實是一小片雲朵。露子他們明明站在地上，她的腳卻像接觸到冰水那樣變得冰涼。

「那是什麼啊？」

星丸眺望遠方，好像發現了什麼。露子他們也看到了，天空的另一端出現一片灰色帶狀物，那些帶狀物沿著水平方向串連起來，並在轉眼之間靠近這裡。那個由黑影挾帶亮光所構成的高聳積雨雲，出現在眾人眼前。

「太酷了，是雲的船隊！」

星丸大聲喊叫，心情激動到最高點。成千上百的雲朵凝聚成一團，往這裡湧來。

「轟——轟——」雲構成的船隊一邊發出低鳴，一邊往這裡靠近。露子從來沒有見過體積如此龐大，而且影子如此清晰的雲。

成群的雲朵如同天花板覆蓋住草原的上空，接著，銳利的風從另一個方向吹來，開始劈散雲構成的船隊，把它們撕成碎片。冰冷得快結凍的寒風和灼熱得快起火的熱風互相交纏，如同凶暴的龍侵襲而來。

地面顫動的氣息從腳底貫穿腦門，雨珠以眼睛追不上的速度在矮草的葉尖迸開四濺。

轟隆——一道雷擊使整個天空扭曲，雲朵和強風隨之形成巨大的漩渦，互相交雜在一起。漩渦飛速旋轉，快得似乎讓整個世界嘎吱作響，藍色與金色的閃電環繞其中，散發出一股煙硝味。

這幅震撼的光景，彷彿要把旁觀者的心魂整個奪走。透澈的雷光劈裂陰鬱的灰色，狂亂的強風拖著紫色的雨四處飛竄，上空的日光將被蹂躪的積雨雲洗滌得閃閃發光——

從雲到風，再到雨、太陽、雷電，所有天氣現象齊聚一堂，在露子他們的頭頂大混戰並且高聲歡唱。它們彼此碰撞推擠、相滅相消、互相結合，同時奏響由數量龐大的音色譜成的樂曲。

「這就是——天氣的——百會口！」

為了不被雷聲和風聲蓋過去，鳥公主扯開喉嚨用尖銳的聲音大喊。

「太猛了！我第一次看到這種景象！那個天候大納言，就在暴風雨裡面嗎？」

星丸大聲喊回去。偉大冒險即將展開的激動之情傳到了髮梢，他的聲音也透露出緊張感。

「對——我們就是——被自在師帶著，穿過這裡的——」

「穿得過去嗎？」

露子的聲音被各種天氣的歌聲淹沒，誰也沒有聽到。竟然要闖進那個大漩渦裡——這麼做簡直是必死無疑！

（舞舞子跟電電丸，該不會也穿過了這種地方吧？）

熾熱的光線照射過來，如同在數落冒出這個念頭的露子。那是太陽光，赤裸裸的太陽冷不防的露臉，貫穿天氣漩渦的中心，毫不客氣的散發光與熱。陽光的溫度之高，露子一度還以為鬼魂要被晒到蒸發消失了，她和星丸的臉頰跟額頭也燙到快要滋滋作響。

風和雲繼續加快旋轉速度，雨以螺旋狀打轉，將陽光也捲了進去，並且開始把這個由天氣形成的柱子向地面延伸，最後變成一道連接地面和天空的龍捲風，聳立在露子他們面前。龍捲風撕裂草原上的青草，捲起沙土和泥巴，狂亂的大鬧一場。

「好，我們走！」

鳥公主高喊一聲，隨即筆直躍進各種天氣的大漩渦。她渺小的背影比一小撮棉絮還要脆弱，眨眼間便失去了蹤影。

「老天保佑老天保佑，雷公啊，千萬別把我變成烤壁虎啊！」

「我也不想被太陽晒成魚乾。」

另外兩隻也振振有詞的發出祈禱還是什麼來著，看似做好了覺悟。

「露子，走吧！」

星丸抓起露子的手，朝巨大的天氣柱拍動藍色翅膀；鬼魂則是再也受不了雷帶來的靜電，以比星丸還快的速度衝進龍捲風。

「我、我要活著回來，寫完稿子才行——」

你明明早就死了——這句話連同其他念頭，從露子的腦中被甩出去。

轉眼間，視野變得一片白茫茫，整個身體被困在漩渦中，在想看也看不見的巨大天氣柱中不斷攀升……

十七　玉響

四周聽不到任何聲響。原本震盪狂暴的空氣變得無比澄澈寂靜，就如同從世界誕生之初，便沒有一絲一毫改變。

露子發不出任何聲音，只是仰頭看著支撐高聳天花板的柱子。先前的風、雨、雷、雪，還有熾熱的日照全都消失無蹤，空氣變得一片平靜。

露子所站的地方似乎是某棟大型建築的入口。她眼前的建築物是由珍珠色的石頭建成，看起來像巨大的寺院或神殿。

轉頭一看，飽含水分的雲朵呈現天空的顏色，平坦伸展至遙遠的另一端，看起來像是淡水的海洋。所以說，這棟建築是浮在空中嗎？這就表示，自己已經穿過天氣百會口，來到了天空之上……正當露子轉動著還沒完全回神的腦袋，明亮的鳥叫聲便傳了過來。

唧啾啾——在無邊無際的天藍色空間中，能夠清楚看見一隻醒目的琉璃色小鳥。由星丸變成的那隻小鳥，落到露子的肩上抖了抖翅膀。

「我有些口渴，所以去吃了點那邊的雲。雲裡還留著一些靜電，有蘇打水的口感喔。」

「星丸！太好了，我還以為只剩自己一個人呢。」

事實上，直到看見星丸為止，露子仍處在迷迷糊糊的狀態，甚至沒有意識到周遭只有自己一個人。直到這一刻，她的心臟才趕緊恢復正常運作，手腳也重新產生知覺。與此同時，她的胸口因為湧出的恐懼和不安揪了起來。

「剛才實在太酷了！妳看到了嗎？冰雹銳利得簡直跟冰柱一樣！而且就像一角鯨的長牙，從我的耳朵旁邊飛過去。還有鑽過閃電間隙的時候也好刺激啊！這真是一場不得了的冒險，我們順利穿過天氣百會口了。」

星丸激動得翻起筋斗，露子則是啞口無言。她有印象自己被暴風雨吹得東倒西歪，但實在沒有想到要在那個天氣大漩渦裡睜開眼睛，她甚至沒聽見那裡面有什麼聲音。

「欸，鬼魂和『剩餘者』呢？」

看似建築物入口的地方，除了露子和星丸沒有別人。難不成，鬼魂和「剩餘者」還被困在天氣大漩渦中……

就在這時——

「啊——！」

劃破空氣的淒厲尖叫震碎了露子不好的念頭。她絕對不會聽錯，這尖銳的叫聲正是鬼魂發出來的！

「在這邊！」

星丸迅速拍動翅膀，露子也用跑的追在他後面。

藍白珍珠色的地板和柱子如鏡面一般，映照出露子和星丸的身影。這棟建築物之巨大，就像是為了某種身軀遠遠大於人類的存在所建造。

露子緊追在星丸身後以免跟丟。如果她把蝙蝠雨衣帶在身上，就能跟星丸並肩飛行了……長靴踩踏地面發出的聲響，攪亂了死寂而停滯的空氣，也讓她心中的不安逐漸膨脹。

他們橫越柱子林立的廣大空間，進入陰暗的走廊，通過鋪著鏡面的走道，渡過橫跨水道的玻璃橋，穿過馬賽克拼貼的小房間，最後來到一扇大門前。門的表面透著珍珠光澤，上面以金色細絲描繪著雲朵、小鳥、花朵紛飛的圖畫。隔著這扇精美的門扉，依稀能聽見吵鬧的叫聲。

「走開，我叫你走開啦！我只是個沒有味道的果凍，一點也不好吃！」

「覺悟吧，天候大納言。我、我們回到這裡了。」

「對、對極了，對極了。我、我、我們要把你和自在師打、打、打……」

「我們要打敗你和自在師！」

這是鬼魂和「剩餘者」的聲音，他們也順利穿過天氣大漩渦了！露子迫不及待的想開門進去，但是星丸制止了她。

「露子，先等一下。」

星丸飛到她的頭上，對她輕聲說。

「為什麼？這裡面……」

星丸用翅膀前端指著大門內部。

「妳不知道裡面是什麼情況就要闖進去，是想怎麼樣？」

他說的有道理。露子從門縫窺看狀況，發現了身體抖個不停的鬼魂，以及那幾個「剩餘者」的小小身影。她再順著他們的視線看過去——

映入眼簾的東西，讓她的背脊瞬間僵直起來。

那個東西白晃晃的並且帶有光澤，所以露子起初以為是圍繞在室內牆上的大型裝飾。不過再定睛細瞧，那個東西以極為緩慢的速度活動著，可見是某種生物。有如上等陶瓷的鱗片，優雅的反射著光芒，粗壯的身軀大概要一、兩個人才能環抱起來，而且還沿著牆壁環繞了好幾圈，鬆垮垮的盤成一團，真不曉得伸直時會有多少公尺。

那像陶瓷一樣潔白，像龍一樣巨大的蛇，難道就是天候大納言嗎？

「我們得快點去救他們！」

露子對頭上的星丸叫道。要是不趕快採取行動，不只是那幾個「剩餘者」，就連鬼魂都會被那隻大蛇一口吞下肚。

這時，雙眼帶著遙遠天空色彩的蛇，用沉著的語調開口。

「怕成那樣的話，你們在外面的同伴也會怕得不敢進來喔。」

大蛇說完之後，還稍微吐了幾下舌頭。露子一看，立刻毛骨悚然的發起抖來。那條蛇肯定是打算把他們全部吃掉。她的身體那麼巨大，光憑三隻「剩餘者」根本不可能填飽肚子。

（不過舞舞子說過，她見了那位「尊貴的大人」，還跟對方說了話。）

就是因為這樣，露子才會打算要見天候大納言一面。如果對方是個會把前來見面的人吃掉的怪物，就算是舞舞子，也絕對沒辦法跟對方說到話吧……

這時，一把白色的傘進入了露子的視線範圍。那是鳥公主的天傘，此刻它的主人正在地上如棉絮般抖個不停。既然莎拉能用「夢之力」做出羽毛傘……

露子應該也辦得到。她要用想像力，做出讓那條蛇覺得他們比實際上還厲害的東西。

（只要讓比蛇厲害的東西站在我們這邊就行。像是力氣很大的巨人……不對，跟巨人比起來還是大鷲比較好，而且還要是一隻有鋼鐵翅膀的凶猛大鷲。）

露子集中精神，在腦中描繪銀色的大鷲。這隻大鷲有銳利的鉤爪，刀刃般的鳥喙，火紅的眼睛，還有一根根清晰可見的鋼鐵羽毛……她想像得非常細緻，耳邊似乎還傳來了翅膀拍動的金屬聲響。

然而，即使她將想像力發揮到頭都痛了，仍然什麼事都沒有發生。

「……」

露子無力的眨了眨眼，不過就算她用力眨眼，自己彷彿不存在這個世界的無助感也始終揮之不去。

「請進，我不會吃小生物的。」

沉穩的招呼聲，如同從深井打上來的清水。星丸颼的鑽進露子的口袋，把自己當成危急時的隱藏絕招。

露子往前踏出腳步，卻感覺下半身的雙腿不屬於自己。她就這樣踩著生硬的步伐進入房間。

一進入房間，空氣立刻輕盈許多。室內明亮寬敞，澄淨的空氣裡充滿沁涼的甘甜。有那麼一瞬間，露子以為自己變得能在空中行走。她之所以會這麼想，全是因為房間的地板是由白色石塊和透明玻璃拼成的方格花紋，透過玻璃能將下方的天空一覽無遺。腳底下的天空是清澈的水藍色，雲朵讓人聯想到由水晶削成的刨冰。這棟建築物果然是飄浮在空中。

高處的圓形天花板開著幾個沒有玻璃的窗戶，天空的色彩從窗外流洩進來。房間內廣闊又空蕩，沒有任何家具或擺飾。

露子走近大蛇之後，發現蛇的美麗比她巨大的身軀更讓她瞠目結舌。那身細緻的鱗片排列得井然有序，白色的鱗片微微透著玫瑰色和金色，並且將從天花板灑落的光線反射成輕柔的白銀色。不斷反覆的紋路沒有止盡，那對不帶一絲迷茫的深藍色眼睛更是吸引露子的目光。

雖然不知道蛇有沒有表情，但露子總覺得她的面容和舞舞子有幾分神似。

蛇彷彿看出露子的恐懼已飛到九霄雲外，內心平靜了下來，因而點了點頭。

「啊——救、救救我們！我們是從那個天窗不小心進來的，我、我、我一點也不好吃，吃了只會讓肚子著涼喔。」

鬼魂拚命抱著露子，身體顫抖得像是隨時都會散掉。

露子抬頭看向盤起身體，占據整個房間的蛇，開口問：

「自在師不知道把我妹妹帶去了什麼地方。我們不能就這樣放著本莉露不管，得有人去幫助她才行。」

她感覺到口袋裡的星丸不解的歪起頭，鬼魂張大嘴巴說不出話，「剩餘者」也陷入呆滯。不過，最感到訝異的人，還是露子自己。她一說出這句話，胸口便開始隱隱作痛。

蛇抬起光滑的頸部，凝視露子的臉。

「妳在擔心那個孩子吧。那孩子很可憐，沒有安身立命的地方，也沒辦法到哪裡去。她就像是無法跟任何天氣結合、形單影隻的旋風。」

蛇的聲音隱含著笑意，有如在無法企及的高處輕拂而過的風聲。露子有種感覺——這條蛇肯定知曉一切，包括露子不知道的事情她也一清二楚。

星丸從口袋探出頭，靜觀情況的發展。

「她為什麼沒有安身立命的地方？是無家可歸嗎？」

「是啊，她沒有能夠回去的家，也沒有親生父母。她是個無處可去的迷路小孩。」

「可是本莉露不是打算帶食物給你嗎？我是說……這裡不是她能回來的地方嗎？」

面對露子委婉的詢問，蛇用比先前渾厚的聲音回答。

「這個地方本來只有我獨自居住。我原本只是喜歡在這裡觀看天氣，後來是發現那孩子在大雨中漂泊，才和她一起生活了一小段時間。」

蛇彷彿是在苦笑，分岔的蛇信若隱若現的搖動著。

「聽說有人用『天候大納言』這種誇張的名稱稱呼我，但我其實連控制一小片雲的力量也沒有。那些天氣都是以自己的意志在活動，我不過是喜歡欣賞它們循環的樣子而已。所以天候大納言的名號一點也不適合我，我的名字是玉響響。」

那奇妙名字的發音像圓環一樣，透過空氣傳遞到在場所有人的心中，確切的激盪出漣漪。

頭。

這條名叫玉響響的蛇，確認漣漪傳達到每個人心中之後，點了點巨大的頭。

「來，發問吧。雖然我並非什麼事都知道，但如果是妳想知道的事，我一定能夠回答。」

十八　玉響響接下來說的話

陽光和煦的照進屋內，在牆上投射出藍色的影子。隔著地上的格狀玻璃，能看見水晶刨冰般的雲朵飄過藍天。舉目所見的一切都呈現白色或藍色，只有蛇不時吐出的桃紅色舌頭，鮮豔得叫人驚訝。

「自在師到底是什麼呢？鳥國的鳥人說是災厄，本莉露則說自己不是自願成為自在師的。到底自在師是怎麼一回事？」

露子的問題像魔術師拉出的彩帶，從她的口中沒完沒了的冒出來。天候大納言的藍色眼睛，看起來變得更加深沉。她帶著理所當然的表情，回答這個問題。

「所謂的自在師，是這個裂縫世界裡唯一的反牙螺絲8。裂縫世界是無法實現的願望存在的世界。在這個世界裡，不論多渺小的願望，都會被一種看不見的巨大力量維繫著，不至於因為受挫而消失。那種力量會挑選出耗竭的願望，讓它們復甦。就像是小蟲或青草的種子，能讓生物的遺骸或糞便以別的型態重生。

如果持續不斷實現所有的願望，世界早晚會容納不下它們，因此只為願望存在的小小裂縫便逐漸成形。小小裂縫逐漸膨脹擴大，就成了這個裂縫世界。」

星丸「啾」的叫了一聲。這是他興奮時的習慣。

「不論再渺小的願望，或是再可笑的願望，如果未能在外面的世界實現便消逝，它們會經歷死亡並化為種子，然後在裂縫世界發芽，盡情成長得茂盛茁壯。

所以說，妳不覺得這個世界很隨性嗎？沙漠和雨下個不停的城鎮緊鄰在一起；從好久好久以前就出現的建築物，竟然不存在任何建造者；應該已經滅絕的生物理所當然的走在路上……沒錯吧？十分荒唐，十分熱鬧，但是每個事物又是這麼的愉快，我非常喜歡這個世界。」

露子老實的點了點頭，她也打從心底喜愛這個亂七八糟的裂縫世界。

蛇不停頓的繼續說下去。

「然而，讓理應未能實現的願望重生，並且建造出世界，不就代表某個地方會失去原有的條理嗎？這個世界還存在著相當多的裂縫，想進入那些裂縫的

8 與一般螺絲旋轉方向相反，要向左旋轉才能拴緊。

願望源源不斷……若放著不合條理的世界不管，整個世界總有一天會崩毀，所以經過漫長的時間，似乎誕生了由某個人把世界的條理縫合起來的機制。修復大型構造所需要的反牙螺絲，正是自在師。說得更準確一點，那股修復的力量就是自在文字筆。」

露子震驚不已，感覺自己的立足之地似乎搖晃了起來。想不到她和莎拉熱愛的這個世界，竟然有那麼脆弱的弱點……而且肩負修繕工作的人，竟然是本莉露。

「自在文字筆，是本莉露拿的那根大手杖嗎？她的確說過那是筆……」

「沒錯，那枝筆擁有改寫修復世界的力量。裂縫世界有崩毀的危機時，自在文字筆就會從被埋藏的深處現身，尋找操縱自己的書寫者。自在師只不過是負責動筆罷了，當使命完成，這個世界恢復順暢運轉後，自在師就會消失。」

「自在師會消失？」

露子的腦海中，浮現了本莉露操縱那枝彷彿扭曲骨頭般的手杖的模樣。想不到她的使命，居然是要拿著比自己身高還長的筆改寫裂縫世界，並且會在完成任務後煙消雲散。

「這樣聽起來，自在師不就跟祭品一樣嗎？為了其他人的生活，獨自把世界的條理縫合起來，這豈不是……」

豈不是跟鳥公主一樣——這句話臨到嘴邊，露子便急忙把話吞了回去。覺得這件事很過分的人只有露子，對鳥公主來說，由自己保護大家不受威脅，是一件光榮的使命。然而，本莉露她……

露子總算明白，為什麼本莉露看起來那麼空虛落寞，為什麼她總是把那個像問號的筆握在手上。

「正因如此，裂縫世界才得以維持下去。自在師是為了世界的存續而現身，她要從巨大的危機中拯救裂縫世界，挽救曾經破滅的願望。」

露子的肩膀猛然抖了一下。裂縫世界崩毀的危機……就是古書先生的滅絕感冒！所以說，本莉露是因為古書先生得了感冒才變成自在師嗎？只是為了寫下修復世界的文字，她才握住那枝細瘦如骨的筆，在不為人知的地方肩負起修復世界龜裂的重大使命。

這時，鳥公主發出宏亮的聲音。

「既然如此，自在師為什麼不去完成自己的使命，跑來抓走我們這些局外人呢？肩負著那麼重大的任務，為什麼不好好完成？」

她小小的眼睛因為憤怒而燃起光芒。對鳥公主而言，她似乎難以諒解自在師丟下重要使命不管的行為，身上的羽毛也激動得豎立起來。蛇用無比澄澈的目光看向她。

「那可能是因為我對她表現了關心吧。她是個心地善良的孩子，還會想到要去抓小生物給我吃。但我只是一直在這裡觀看天氣，便活了相當漫長的時間，所以早就已經不吃不喝了。」

鳥公主驚訝得全身羽毛蓬成一顆球，另外兩隻生物也把嘴巴張得老大。

「你不吃東西嗎？」

「也就是說也就是說，我們是白被抓來這裡了嗎？」

「那個可惡的自在師，真的是專門製造災厄——竟敢用『剩餘者』這種稱呼，讓身分高貴的我們尊嚴掃地！」

「剩餘者」們個個火冒三丈。

露子的內心騷動不已，彷彿血管裡流的不是血液而是蘇打水。玉響響會知道治療方法嗎？露子不安的想著這件事，決定開口詢問。

「本莉露會變成自在師，可能是因為『下雨的書店』的老闆古書先生得了滅絕感冒。滅絕感冒的詛咒說不定會毀滅裂縫世界，如果古書先生的感冒痊癒，本莉露也許就不用再當自在師了……請問你知道治療的方法嗎？」

巨大的白蛇稍微瞇起雙眼，凝視露子的面容。

「關於滅絕感冒的事，精靈使者也來問過我。當時我回答她：『在妳認識的人裡，是不是有個老闆會販賣顧客需要的東西？』」

「啊！」

露子張大眼睛，星丸也「啾」的高鳴一聲從口袋裡飛出來，鬼魂則是眼睛閃爍的來回看向露子和星丸。

「那個人是誰啊？我們有認識那麼萬能的人嗎？」

「靈感，你在說什麼啊，就是七寶屋老闆呀！天啊，我在火車上怎麼沒有想到這件事？」

如果是七寶屋老闆的店，一定會有治療古書先生的感冒藥！再怎麼說，七寶屋可是一間能看透顧客需要什麼，然後把那個東西賣給對方的店。

「舞舞子姊姊不是也認識他嗎？那她應該已經買到藥了吧，只是不知道古書先生會不會乖乖吃下去就是了。」

星丸神采奕奕的拍著翅膀飛來飛去。相較之下，露子開始覺得胸口逐漸被不祥的預感侵蝕。

「真奇怪，既然舞舞子知道可以去找七寶屋老闆，那她應該會直接去買藥才對啊。」

蜘蛛型態的舞舞子知道七寶屋老闆在火車上，由此可知，變回原本樣子的舞舞子應該也知道這件事，但她只說了自己沒有找到火山胡椒的事——

在難以言喻的焦躁感驅使下，露子往前探出身體。

「本莉露現在在哪裡？」

玉響響仰頭看向上方，露出火焰般的桃紅色舌頭。

「那孩子啊，打從一開始就在聽我們說話喔。妳看，她就在那裡。」

蛇的眼睛裡蘊含著笑意，露子一行人也順勢抬頭往上看。

本莉露像是積雨雲忘記帶走的小黑影，站在天窗的格子上看著這裡。

「你們不可以去青蛙的店裡買東西。」

自在師拋下這句低語，皺著眉頭用深灰色的眼睛瞪視他們。她的肩膀前垂著兩條黑色辮子，對眾人這麼說：

「根本沒有治療滅絕感冒的藥。古書先生正在念著長長的詛咒，你們絕對逃不了滅絕的命運。」

十九　被施放的詛咒

「妳、妳現身了呀，自在師！」

三個「剩餘者」開始騷動起來。

不過，自在師只瞥了一眼那幾隻她抓來的生物，接著便完全不理睬他們。

「到底是怎麼回事？為什麼舞舞子……」

露子抬頭詢問自在師，但是中途便被對方打斷。

「我可是自在師喔，可以重新書寫所有的事。就算舞舞子知道怎麼拿到藥，我也可以讓這件事變成從沒發生過。我是這麼改寫的：『沒有人拿到藥，所以古書先生施放了滅絕詛咒。』這個世界會照著我寫的劇情發展。」

本莉露的臉上布滿了既沒有憤怒、也不帶憎恨的陰暗表情。她的年齡和露子相仿，面容卻看不到一絲希望，這使得本莉露看起來更加陰沉。

「莎拉在哪裡？本莉露，妳把莎拉帶到什麼地方了？」

在心頭打轉的恐懼，讓露子的雙腳無法站穩。本莉露皺起眉毛，露出陰鬱的神情。

「我不知道。她用傘防禦了我的魔法，我也不知道她到哪裡去了。」

本莉露辮子的陰影，映照在露子茫然的臉頰上。

這時，星丸插進了她們的對話。

「莎拉當然是跟舞舞子在一起啦。妳想想，她不是贏過魔法了嗎？而且古書先生才不可能做出讓裂縫世界滅絕的事，要是他真的那麼做，之後不就沒書可看了。」

他的語氣過於滿不在乎，使得自在師前一刻帶來的絕望消息，現在聽起來像是朋友在公園裡開的玩笑。

「你說得對，古書先生比任何人都喜歡書。本莉露，妳不是也在那座書之塔裡，讀了各式各樣的故事嗎？」

本莉露皺起眉頭，用生硬的視線看向露子。

「是啊，我讀過了，所以我要自己思考該寫些什麼。」

「本莉露，妳為什麼要把我們關在塔裡呢？不就是要我們看到那些眾多故事的片段，要我們知道曾經有那麼多、那麼多的人，一直不斷的在書寫這個世界是什麼模樣……」

露子激動得舌頭打結。那座由紙堆成的高塔、墨水的氣味、從天花板射入的光柱，以及不斷被寫下的文字，義無反顧的重複唯一一首頌歌──本莉露應該很清楚這些事情才對……

本莉露緊緊握著扭曲的手杖，就像是在依靠她唯一的盟友。

三隻「剩餘者」你黏著我我挨著你的緊緊窩成一團，同時抬眼瞪視自在師；鬼魂因為驚訝的事情接二連三，張大著嘴巴像是故障似的呆立在原處；玉響響不說一句話，只是靜靜看著在場的所有小生物。

「妳到底想做什麼？妳想寫的就是毀滅世界那種事嗎？」

露子板起面孔，用最嚴肅的神情凝視本莉露。本莉露則是表情僵硬的擺出睥睨弱小對手的姿態，從高處的天窗俯視露子……不知道為什麼，她始終不肯看白蛇一眼。

這時，本莉露背後的天空突然轉為紫色，那濃厚深沉的色彩逐漸侵蝕原有的蔚藍，白色的雲朵也被染成灰色。

風開始騷動，靜電使自在師的兩條辮子豎了起來。

「妳看那邊，看到了嗎？那就是渡渡鳥召喚來的——滅絕世界的隕石。」

在顫動扭曲的雲朵另一端，有一顆發出凶暴光芒的星星，在染成紫色的天空中冰冷的閃爍著。從這裡看過去，還看不出它是不是在移動。

「大、大、大事不妙！」

原本像水母一樣開不了口的鬼魂，高高的跳了起來。

「我、我、我還有東西要寫耶！世界毀滅的話，我不就沒有辦法寫了嗎？快想想辦法啦！」

「現在哪想得出什麼辦法……」

鬼魂整個人黏到露子身上，露子只好把頭往後仰跟他拉開距離，同時輪流看向本莉露和在她背後躁動不安的天空。

古書先生真的發動了詛咒嗎？那顆星星在上空發出銳利刺眼的光芒，從遙遠之處虎視眈眈的盯著這裡。

（那是不可能的。星丸說得沒錯，古書先生才不會毀滅這個世界……而且本莉露真正想做的，應該也不是這種事……）

露子全心全意的祈禱，並且這麼相信著。她好像能明白本莉露真正想做的事，不知道為什麼，露子也……

「唉，這孩子真讓人傷腦筋。這樣一來，我不就沒有天氣可看了嗎？」

天候大納言用輕柔的聲音開口。蛇流暢的抬起宛如巨大鐮刀的脖子，把身

體垂直伸展到天花板的高度，和窗格上的本莉露四目相對。

本莉露鯰魚色的兩條辮子上，流竄著鋒利的閃電。此刻的她，就站在玉響的眼前。

「看啊，那是『下雨的書店』的渡渡鳥呼喚的隕石，它正逐漸朝這裡飛過來。我無所不能，不管是多大的事情都做得到，因為我——」

本莉露的聲音，聽起來比「剩餘者」更加顫抖。蛇用柔和的語調打斷她的話。

「沒錯，因為妳是自在師。在裂縫世界裡，沒有妳做不到的事。不過本莉露，妳實在很不擅長說謊和欺騙自己的內心呢。」

蛇的語氣像極了在哄小孩的母親。她彷彿做好了覺悟，認為自己必須告訴這個小孩，在不明事理的情況下做出天大的惡作劇，是多麼不恰當的行為。

天候大納言用來自遙遠天邊和深邃地底的雙重聲音，對本莉露說：

「妳不應該再當自在師了。」

蛇張開大口，露出宛如成排劍刃的利牙。她張大的嘴巴，比兩個本莉露疊起來還要高。

玉響響不帶一絲猶豫的把本莉露吞進肚裡。

她的動作一氣呵成，而且發生在轉眼之間。咕嘟一聲，蛇的白色脖子稍微蠕動了一下，室內便只剩下一片沉寂，以及深紫色天空投下的陰影。

「本莉露！」

露子放聲吶喊，想都不想就跑到大蛇的身邊。她的眼前變得一片鮮紅，全身的血液咕嚕咕嚕的沸騰著。

「妳在做什麼啊！為什麼要吃掉她？我……我還想要和她當朋友耶！」

玉響響把頭轉向露子，維持剛才既遙遠又深邃的聲音，帶著些許欣喜的語調說：

「我就知道妳一定會這麼說。」

說完，她極其自然的再次張開嘴巴，小心翼翼的含住露子，把她帶往喉嚨的深處——

二十　遠方的童話

露子似乎來到了一個又暗又深的地方。起初，她以為自己置身在墳墓中，但這裡聽得到轟隆隆的低鳴聲，感覺是個有生氣的地方。

遙遠的深處不斷冒出好久好久以前的圖畫故事，並且描繪出無窮無盡的魔法紋路——那裡是之前本莉露帶她去過的黑暗大隧道。

四周盡是伸手不見五指的漆黑，所以露子不曉得自己的眼睛究竟是睜著還是閉著。之前和莎拉從「下雨的書店」被帶來這裡的時候，還能依靠包圍自在師的光芒辨識環境，但是現在她的身邊沒有人能發光。

此刻的露子隻身一人。

她和被本莉露帶來時一樣，身體飄浮在空中，四肢彷彿也被黑暗吞沒而看不見，所以無法得知自己和周圍牆壁的距離。唯有刻在隧道牆上的圖畫故事，將遠古力量的氣息布滿空氣中，依附上露子的肌膚和肺部。

她稍微花了一點時間，才想起自己來到這裡之前身在何處。最先浮現在腦海中的畫面，是玉響響那既像劍刃也像冰柱的長牙，以及分岔成兩條有如火焰般的桃紅色蛇信。明明是駭人的景象，她卻覺得美麗得不得了。被白蛇吞進口中時，那張開的大口就如同工整而柔軟的花朵。

接著讓她感到不可思議的是，自己明明已經被蛇吞進腹中，怎麼還會出現在這裡？她為什麼不是跟早一步被吞下肚的本莉露一樣，進入蛇的胃裡？

在如同漩渦般不斷打轉的疑惑中，露子的耳朵捕捉到細微的聲響……好像有什麼東西追著她往這裡過來了。

「喂……喂……」

比被蛇吞下肚更強烈的恐懼席捲而來，幾乎快壓垮露子的身體。直到她認出那個聲音，得知聲音的主人是誰為止，她覺得自己好像被這股恐懼支配了上百年。

兩個微弱的光點在黑暗中發亮，隨著呼喚的聲音一路朝露子靠近。

「喂……喂！」

琉璃色的小鳥啪噠啪噠的拍動翅膀，那兩個光點則是鬼魂的眼睛。星丸和鬼魂以十萬火急的速度飛越大隧道。

「喂，我在這裡！」

露子也朝他們揮手。星丸和鬼魂立刻追上露子，並由鬼魂抓住露子的手。

「呼……還好妳沒事！」

「欸，這是怎麼回事？我不是被天候大納言吃掉了嗎？為什麼會來到這裡？你們又是怎麼過來的？」

疑問接連不斷的從露子口中迸出。鬼魂眼珠的青白色光芒，使整片隧道牆上的奇妙圖畫故事浮現出來。往昔的神明們、乘載星星的鳥群、在原野上奔跑的牛與鹿、撐傘的人類、彎腰背著稻穗的農夫……那些圖案的陰影一點一點的疊加上去，像漩渦一般轉動著。

「我們也被吃掉了。不過與其說是吃掉，應該說是請蛇讓我們進入她口中。」

星丸明快的聲音在黑暗中響起。

「也就是說，這裡果然是蛇的肚子嗎……」

露子的腦袋陷入混亂。玉響響的身體確實很大，但是再怎麼說，也不可能容納得下這個巨大隧道。

「妳看，『剩餘者』也一塊來囉。只不過他們一看到蛇張開嘴巴就暈了，所以就先交給鬼魂保管。」

星丸指著鬼魂的身體。鬼魂透明的肚子裡，除了稿紙還多了三隻小生物。

這些「剩餘者」現在閉著眼睛不省人事，但是露子猜想，當他們清醒過後，得知自己被蛇吞進肚子之後又被鬼魂再吞一次，八成又要大呼小叫了。

「我、我雖然覺得很危險，但還是覺得不能讓一個女孩子自己進來！而、而且那隻大蛇一定對那個布露布露……」

鬼魂的牙齒不斷顫抖，他結結巴巴的說到一半卻突然閉上了嘴巴。露子和星丸隨之抬起頭，豎起耳朵仔細聆聽。

隧道的某處傳來了啜泣聲。

星丸迅速張開翅膀，尋找聲音的來向。露子也在空中擺動手腳，和鬼魂一起跟在星丸的身後。

細小的哭泣聲來自於隧道牆上口裡長出花朵的獸人圖畫。蜷縮的背部垂掛著兩條像是尾巴的辮子，在理應不分上下的隧道裡，本莉露踩著一塊牆壁，縮起身體哭泣。

啾——星丸發出鳴叫，快速拍動翅膀，要露子先過去。露子根本不用看星丸的指示，便如同在空中游泳似的靠近本莉露。重力似乎只存在於本莉露的周圍，到達她身邊後，露子的雙腳便自然在石壁上順利著地。

露子站在本莉露身後，注視她用力縮起來的背影。

「妳說自己什麼都做得到，這是真的嗎？」

本莉露的身體抖了一下，不過她戴著條紋帽的頭仍然埋在大腿之間。

鬼魂也在她們身旁降落，星丸則是再度停到鬼魂的頭頂。露子依然站在本莉露的身後對她說：

「如果妳什麼魔法都會，應該能讓剛才那顆隕石消失，並且治好古書先生的感冒吧？」

露子的聲音和語調沉著冷靜，很有成熟大人的樣子。她對此感到驚訝，一時之間有些不知所措。不過她更加挺直背脊，深呼吸讓空氣撐起肺部。露子有種感覺，一定是某種正確的力量，讓她發出這種堅強得不像是自己的聲音。

「星丸也說過，古書先生就算得了滅絕感冒，也不會有毀滅這個世界的念頭，因為……」

說到這裡，露子的腦海浮現出「書之塔」的景象。好久好久以前，便開始不斷被書寫在那座塔裡，逐漸連結成串的文字——

「因為古書先生讀了那麼多書，他一定非常喜歡這個世界。如果妳慫恿他

施放詛咒，無論如何也得阻止那顆隕石。以妳的魔法來說，應該做得到吧？」

始終低垂著臉只以背影見人的本莉露，用力晃了晃身體。她的身邊沒有看到手杖，那枝她片刻不離手的自在文字筆，不知道是不是遺落在隧道的某個地方了。

「我已經沒有魔法了。天候大納言大人把我吃下肚，我明明是想讓她高興的，結果她卻要我別再當自在師。現在的我，真的沒有任何地方可去了……」

本莉露就那樣坐在地上，整張臉皺成一團不停的流淚。露子從來沒看過這麼傷心欲絕像是失去所有的表情。鬼魂似乎受到本莉露的淚水感染，不斷搓揉自己的臉頰，一副不知如何是好的模樣。

「打起精神來。我們也被玉響響吞進來了，但是並沒有因為這樣就改變什麼啊，妳的魔法應該也沒有消失才對。還是跟『剩餘者』說的一樣，得要有妳正在找的魔法書才行？」

本莉露抬起略顯蒼白的臉，怯生生的看向露子。那道茫然望向遠處的目光，似乎有些帶刺。

「為什麼妳要那麼的……那麼的擺架子？我就是……就是因為妳的關係，

才會誕生到這個世界上耶。」

這句話如同微細的閃電，竄過露子全身。本莉露看著一臉訝異的露子，眼眶裡又泛起新的淚水，並且咬緊嘴脣。

「就是因為妳在那隻青蛙的店裡買東西，為了付款把未來切割開來，結果從那個壺裡遺漏的未來跟妳分離，變成了另一個女生——那就是我。」

露子的腦袋完全無法理解本莉露說的話。難道她是為了讓我混亂，才說出這種話嗎？

「哦，什麼嘛，原來是這樣。」

星丸好像明白了本莉露的意思，轉了轉頭。露子的頭則像是故障的機器，遲遲沒有反應。

「等一下，怎麼會……」

那隻青蛙的店，指的就是七寶屋，露子確實在那間店裡交出了未來——自己沒有買下七寶屋商品的未來——作為商品費用。七寶屋老闆說，既然她已經拿到了商品，就不再需要沒有買下那個商品的未來。在那間店裡，其他客人應該也是用這種方式購買商品才對。

七寶屋老闆說：「我之前說正在尋找的，就是這個塗鴉的主人。」——露子回想起自己試用隨心所欲墨水筆時，在筆記本上看到的那道粗暴的線。照這樣看來，留下那道線的就是本莉露？也就是說，逃出七寶屋的不是商品，而是露子沒有被納入壺中的未來。

即使如此，露子仍然無法相信，從壺裡遺漏的未來，竟然會變成一個不同於自己的女生，而且還是自在師……

「妳是分離出來的露子，所以名字才叫本莉露吧？這的確是露子會想出來的名字。」

「星丸，我才不會取那麼奇怪的名字……不對，這不是重點……」

露子甩了甩頭，試圖解開打結的腦袋。本莉露不知道在什麼時候已經止住了眼淚，怔怔的低垂著一張蒼白如紙、了無生氣的臉。

「我在找的才不是什麼魔法書，而是……」

這時，鬼魂肚子裡的「剩餘者」醒了過來。露子恨不得他們再多昏厥一陣子，她非常確定本莉露正準備說出相當重要的話。不過「剩餘者」的反應與露子的預料相反，他們看到本莉露時先是感到震驚，接著露出緊繃的表情不發一語。

「我好想再讀一遍……很久很久以前，在我跟妳還是同一個人的時候，讀過的那本童話故事。兩個小主角因為不能存在於那個世界，不斷被追捕的童話。他們手牽著手逃到各種地方，最後從世界的邊緣掉了下去……」

露子皺起眉頭。自己以前讀過那麼古怪的童話嗎？

「當時的我不知道自己為什麼會出現在這個世界……所以想說，如果再讀一次那本童話，或許就能知道自己為什麼會被大家當成麻煩。而且我說不定還會開始覺得，就算是這樣也要留在這個世界。

就像那兩個即使被一百個呸追趕也絕不分開、一起不斷逃跑的滴答。」

這時，露子發出「啊」的低呼。她確實讀過那個故事，故事裡的場景如疾風似的瞬間浮現於腦海。兩個身材嬌小又胖嘟嘟的主角被追逐到天涯海角，最後被一百個「呸」組成的恐怖部隊趕出世界的邊緣……

《兩個滴答與一百個呸》，這本書的作者正是站在露子身旁，身體表面像果凍般抖動的鬼魂在生前寫出的故事。

「哇……哇啊啊啊啊！」

鬼魂發出不知所以的叫聲，全身劇烈的顫抖，使得「剩餘者」在他體內到處翻滾。

本莉露對露子訴說之後，體內的一切似乎流失殆盡。她低垂著頭，臉上的表情一片空洞，彷彿是個沒有任何力量，從未接觸過一絲溫暖，打從一開始便被遺棄的孩子。

露子原先不知道該如何是好，但是漸漸的，她的想法和情緒匯聚成一個堅定的結論。她握緊拳頭，看向本莉露。

「本莉露，我幫妳找那本書。我一定會把那本書帶過來，妳在這裡等著喔！」

二十一　雨之門

在隧道裡，遠古的圖畫故事吸吐著黑暗，一刻也未曾停歇。之前淨是讓人感到驚悚的蠕動模樣，此刻在露子的眼裡，就像是地底的耀眼祕密，讓自己充滿深沉的力量。這股深邃的力量隨時保持著最新狀態，而且源源不絕。

「妳要去……把書找來？」

本莉露用沙啞的聲音問。露子看著她脆弱的面容，心懷不忍的用力點了點頭。

「沒錯。我也看過那本書，跟找魔法書比起來，找這個簡單多了。」

本莉露露出一副快哭出來的表情，再次垂下頭。

露子在隧道中四處張望。鬼魂眼珠的亮光能照到的範圍非常小，隧道的前後都被一片漆黑籠罩，根本看不到出口在哪裡，甚至連有沒有出口都不知道。

「哇啊啊，哇啊啊——怎麼辦怎麼辦，我、我、我該怎麼辦才好？」

鬼魂的眼睛不停閃爍，抓著露子的肩膀用力搖來搖去。露子費了好大的力氣才把他推開。

「你先等一下！我正在想要怎麼把你寫的書拿來這裡……」

星丸用快笑出來的聲音插進對話。

「我覺得現在用最快的速度，把一大堆紙跟筆塞給他就行了。」

「就是說啊！我必須快點寫……快啊，快啊，快啊！」

鬼魂像是著了魔似的，忘我的抖個不停。

「妳的意思是，妳曉得自在師在找哪本書嗎？」

在鬼魂體內被晃得東倒西歪的鳥公主出聲詢問，壁虎跟魚也驚訝得睜大了眼睛。

「對啊，本莉露跟我本來是一體的，所以應該曾在同樣的地方看過那本書。」

露子一邊把鬼魂的臉推回去，一邊回答鳥公主。雖然她還無法完全相信自己和本莉露原本是同一個人，但要是說到眼前這個女孩想看的書在哪裡，她的心裡立刻有了答案。「剩餘者」之前尋找魔法書的地方，就是那本書的所在之處——露子看到《兩個滴答與一百個呸》的地方，正是市立圖書館。

「我得先離開這個隧道，前往外面的世界。」

露子焦急的環視隧道。她的心恨不得拋下身體，搶先一步飛出去。星丸歪著頭，對她的舉動感到疑惑。

「妳不使用想像力嗎？就像之前去丟丟森林那樣。」

露子不太有把握的點點頭。

「我剛才試過了。在進入天候大納言的房間之前，我想說就算只有一點點也好，打算用『夢之力』叫出鋼鐵大鷲，讓自己看起來比對方還要厲害……但是沒有成功。」

「剩餘者」聽了，開始你一言我一語。

「當然啊當然啊，那不是理所當然的嘛！要是讓妳到處使用夢之力，這個世界會天翻地覆的。」

「人類在裂縫世界中，能自由使用『夢之力』的地方非常有限，只有在和人類想像力深切關聯的地方，才能操縱這種力量，否則人類也會變得和自在師沒有兩樣。」

鳥公主高亢的聲音不失莊嚴的繼續說：

「我聽說蛇的肚子內部是將人類的想像力，以及建造這個世界的力量——也就是天候大納言提到的『人類沒有完成的夢想』——引導到這個世界的途逕。天候大納言的肚子裡存在著一條路，讓建造世界的力量進來……這種說法我一直以為是迷信，但是現在看起來，那條路指的就是這裡。」

這段話驚動了在場所有人。

「那麼，這裡果然是玉響響的體內嗎？」

鳥公主用力的點了點頭。

「沒錯，而且這裡也是和人類想像力深切關聯的地方，所以妳應該能使用『夢之力』。」

他們腳邊的獸人雕刻口中長著花，而且花朵還在不斷生長，花瓣也在持續增加。露子看著這個景象，感覺胸口產生了熱氣，而且有什麼東西正在膨脹。她吸了一口氣，等待想像力湧現。露子和隧道的魔力彷彿在互相交融，想像力確實從她的丹田湧了上來。

（可以從這裡通往外面的世界，門……我需要一扇穿過去就能到達外面的門。不過在那之前……）

露子把目光移到縮成小小一團的本莉露身上，接著看向迫不及待的星丸，最後是彷彿被附身，始終安分不下來的鬼魂。

（得先給鬼魂一個寫故事的地方。）

想法產生的瞬間，一顆水滴穿過了乾涸隧道的黑暗，從上方滴落下來。

滴答。

澄淨的水滴掉落到石牆上，然後飛濺到空中，如雕刻般靜止不動。

滴答。

滴答。

滴答。

滴答。

水滴接連不斷的滴落，並且和第一顆水滴一樣，在什麼都沒有的空中描繪出透明的水畫。伸手不見五指的漆黑隧道裡，水滴落下的聲響譜成一首曲子。新的水滴落在最初的水滴上，另一顆水滴又落在前一顆水滴上……水滴的範圍逐漸擴大，最後形成一扇覆蓋著水紋的高聳門扉。

「鬼魂，你也一起來。」

露子回頭呼喚鬼魂。鬼魂抬頭看著由水滴形成的門扉，似乎還沒理解發生了什麼事。這扇門清澈透明，隔著水花的紋路看過去，隧道就像是蒙上了一層藍色的玻璃。

「星丸，本莉露就拜託你囉。」

星丸聽了，故意拍著翅膀到處飛來飛去。

「呿，我想去看隕石，才不想待在這裡咧。」

露子輕聲笑著，將手放上門扉。

「趕快把隕石解決掉，回去喝舞舞子泡的茶吧。那麼，我們出發了。」

說完，露子推開水做的門。門扉開啟時，響起了嘩啦拉的雨聲。就這樣，露子讓全身沉浸在這懷念的音色中，拉著鬼魂的手走進門內——

二十二　露子迷路了

輕柔的雨水如同在歡迎露子回來，滴滴答答的淋溼她的頭髮和肩膀。一想到自己已經有多久沒淋到雨，露子便像是久旱逢甘霖而變得鬆軟的泥土，深深吐出一口氣。

和露子離開時相比，「下雨的書店」整個變了模樣，整間店瀰漫著隕石逼近的戰慄感。坐在書櫃各處的人偶不發一語，用玻璃眼珠看著彼此；從天花板垂掛下來的薰衣草色鯨魚，像在忍耐什麼似的蜷曲著身體；用石頭做成的天體模型，星星的軌道不安定的搖晃著；瓶子裡的水中花，收起花朵準備變回種子。就連從天花板落下的雨水，也像是順著臉頰滑落的眼淚，細微的顫抖著。

書芊和書蓓察覺到露子和鬼魂出現在店裡，手牽著手朝他們飛過去。這兩個精靈大概是為了照顧生病的古書先生而吃足苦頭，身上的羊皮紙披風變得皺巴巴的。

「書芊、書蓓！古書先生的狀況怎麼樣？我馬上就得走了。」

兩個精靈彼此對望，接著不安的垂下眉毛。至於鬼魂，他連招呼都不打，直接迅速穿過店內，拿起書櫃上名為《寫作室》的書，十萬火急的翻開封面。他水母般的身軀瞬間扭曲成螺旋狀，被吸入書本內。書芊和書蓓連忙飛過去，在那本書落地的前一刻接住它，接著吃力的扛起書本，把它放回書櫃上。

露子環顧店內，發現老闆渡渡鳥在青草鋪成的地板上縮成一團。這種時候更該振作精神的古書先生，離開桌子坐在書櫃和書櫃之間，睜大眼睛正在讀書（露子偷看了一眼，他正在閱讀長達八十冊故事中的第三十七冊）。他的頭上蓋著毛毯，大概是書芊和書蓓為他蓋上的。

「舞舞子他們還沒回來嗎？」

兩個精靈頭上的三叉帽尖無精打采的垂下，不約而同的一起搖頭。露子壓抑著湧上心頭的不安，用嚴厲的眼神看向古書先生。

「古書先生！因為滅絕詛咒的影響，隕石正在朝這裡飛過來喔，現在真的不是看書的時候了。」

然而古書先生只是把鳥喙埋在書頁之間，絲毫沒有看她一眼。

「真是的……世界上怎麼可能有其他事情比看書更重要……為細微瑣事大驚小怪，就代表知識的根基太過淺薄啊……」

古書先生一邊掃視文字一邊碎碎念。露子走到他的身邊，雙手抓住他用乾燥翅膀捧著的書，在他面前「啪」的一聲用力闔上。好幾隻「獵書嗡嗡」被趕

出書頁，到處飛來飛去。讀到一半的文字突然消失，古書先生不由得眨了幾下鏡片後方的眼睛。

「拜託你振作一點！如果這個世界毀滅了，沒有實現的願望和故事種子都會消失耶。被遺棄的願望會永遠被遺棄，迷路的故事也永遠無法變成書。你身為『下雨的書店』的老闆，還有其他比這件事更恥辱的嗎？」

古書先生頭上的毛毯滑落到臀部，他全身的羽毛倒豎，並且不停抖動。露子緊咬嘴唇看著他好一陣子，最後才轉過身。

「書芊，書蓓，你們不用擔心，我的朋友一定會幫忙阻止隕石掉下來的。」

露子對兩個精靈這麼說完，便打開通往外面世界的店門，稍微彎下身體穿了過去。

遙遠的雨聲滲進市立圖書館昏暗的空間，微弱的光線和聲音互相融合，使人有種這裡從很久以前就是這種景色的錯覺。

露子聽出外面的雨聲稍微緩和了下來，原本襲捲市街的強風，變得只是掃過路樹和屋頂。

舉目所見，周遭沒有半個人影，露子覺得自己就像是獨自從熱鬧派對溜出來的人。

露子站在書櫃間的通道上，前一刻她穿過的小木門已經消失，背後只剩下一面牆壁。

由於沒有雨衣的保護，她身上的衣服全都溼透了。她從口袋掏出手帕，擦了擦肩膀和雙手，才緩緩踏出腳步。

《兩個滴答與一百個吥》是在兒童書區借到的。她記得當時好像是寒冷的冬天……那年冬天莎拉得了重感冒，露子就算回到家也是孤單一人，所以她放學後都會去圖書館看書看到很晚。對，就是這樣。當時的她想著「這個故事真奇怪」，並且把自己想像成第三個滴答，用成為主角同伴的心情閱讀這本書……

兒童書區也沒有其他人在。開闊的落地窗，紅色地毯上放著小木椅，窗外的天色看起來比之前來圖書館時明亮許多，雨滴沿著玻璃滑落的痕跡，在書櫃投下淡淡的陰影。

一陣冷顫竄上露子的背脊，讓她稍微倒抽了一口氣。那座由紙張與墨水建成的高塔，其中莊嚴的氣氛與聖潔的光芒，她在圖書館裡也能感覺到。這裡明明不起眼又破舊，是露子再熟悉不過的市立圖書館，但是就算眼睛看不出來，她也知道那些書本的書背上，確實寄宿著那座塔裡的光芒。

露子深吸一口氣，開始尋找《兩個滴答與一百個呸》。那本書的書背是什麼顏色？書名又是什麼顏色？還有它的厚度，如果沒有記錯的話，大約是和拇指差不多……

她一本本掃視兒童書區藏書的書背，專注到甚至忘了眨眼。從頭到尾找過一遍後，她又找了第二遍。為了確保沒有漏網之魚，她連繪本區和距離這裡有點遠的文學區都檢查過了。文學區不但書櫃比較高，藏書也多，看著看著，露子的眼睛都快要花了。

「……」

她回到兒童書區，跪下來檢查椅子底下，然後默默的站了起來。

到處都找不到那本書。

（是誰借走了嗎？）

這個念頭如同火花般閃過腦海，露子的心臟隨之冒出冷汗。她現在無論如何都需要那本書……

「妳怎麼了嗎？」

露子的背後突然傳來一個聲音，讓她嚇得跳了起來。原來是擔任圖書館館員的大姊姊，她正歪著頭，一臉不解的從櫃台後方看向這裡。

「請、請問……」

想說的話梗在喉嚨裡，露子暫且把話吞了回去，走向櫃臺重新開口。

「我在找一本叫作《兩個滴答與一百個呸》的書，請問這本書被借走了嗎？」

「兩個滴答？」

圖書館館員聽了，露出更加不解的表情。露子放慢速度，再說了一次書名。

「書名是《兩個滴答與一百個呸》。」

這一次，圖書館館員翻開手邊的外借記錄簿。她在同一頁來來回回看了好幾次，然後把頭歪向另一邊。

「請妳稍等一下喔。」

她用手示意露子留在原處，然後鑽進裡面的辦公室。

這時，露子的身體抖了一下，她搓了搓自己的手臂，總覺得四周突然冷了下來。因為沒有穿雨衣，她的衣服被雨水淋得溼答答的，所以會覺得冷也是理所當然。她一邊等待圖書館館員，一邊用力摩擦手臂，她想驅散的不是寒冷，而是在她體內擴散的寒意。

過了一會兒，圖書館館員總算回來了。她一邊說「不好意思喔」，一邊隔著櫃臺凝視露子。

「那本書損壞得很嚴重，在不久之前報廢了。原本的出版社沒有再刷這本書，所以這裡沒有新的，要我幫妳查隔壁鎮的圖書館有沒有嗎？」

圖書館館員過意不去的聲音，猶如閃電般劈中露子的腦門。

「不、不用了，不需要。謝謝妳。」

露子鞠躬道謝後，轉身拔腿就跑。圖書館館員在背後想要叫住她，但她依舊繼續奔跑，跑向圖書館的深處，再前往書櫃的更深處——

（怎麼辦？現在得先回去一趟，尋找其他的方法……）

而且她得用最快的速度找到方法。不知道舞舞子他們回到「下雨的書店」了沒？舞舞子在的話，應該能找到更好的方法，而且她也得再和本莉露溝通一次。

長靴奔跑的聲音不絕於耳，朝著書櫃的深處、更深處不斷前進……最後，露子不得不停下腳步。

她的眼前出現象牙色的牆壁，左右兩側被書櫃夾住，再也無路可走了。周圍沒有刻著「下雨的書店」這幾個美術字的店門，也沒有由書櫃排列而成的迷宮。之前每次去「下雨的書店」，總是有莎拉的貝殼蝸牛公仔帶路，但是現在露子沒有幫忙帶路的蝸牛。

她一個人回到外面的世界，現在找不到回去裂縫世界的道路。

二十三　世界的泥濘

（要到圖書館外面找一隻蝸牛來嗎？）

露子把手放在胸口安撫自己，同時這麼想著。可是，現在大雨還沒完全停歇，蝸牛早就躲到安全的地方了，短時間內大概沒辦法輕易找到。更重要的一點是——就算找到蝸牛，也不知道牠會不會帶自己去「下雨的書店」。

再說，她有一股強烈的感覺，要是走過玻璃門時被剛才那位圖書館館員看到，又被她開口搭話……到時候回去裂縫世界的路可能真的會澈底斷絕。

（我得去本莉露的身邊，得去莎拉、舞舞子、星丸他們的身邊……）

露子努力維持平靜，躡手躡腳的在書櫃之間穿梭。她把自己當成根本不存在這個世界上的人，說什麼也不能被發現。

露子隱藏氣息在圖書館內不停打轉的過程中，感覺自己的身體真的開始逐漸不聽使喚，就連腦袋也彷彿蒙上厚重雲層，昏昏沉沉的無法專心思考。

以前讀過的故事情境和外面的雨聲交織在一起，悄悄鑽進露子的耳中。沒有記錯的話，那是一段這樣的故事——

凌晨時分，兩個滴答擺動著短腿，在堤防上跌跌撞撞的拚命奔跑。

追兵就快要追上他們了。

河流的顏色一片漆黑，混濁的白色氣泡一邊轉動一邊順流而下。籠罩在河面上的霧氣圍繞著兩個滴答，所以他們應該不容易被發現。兩個滴答一看到堤防下有艘小船，便立刻跳上船隻，解開繫索，不顧船主是誰便使盡吃奶的力氣划離岸邊。

由一百個呸組成的部隊，他們吹響喇叭的聲音，像是狼的長號劃破黎明的天空。這兩個可憐的滴答，請你們千萬要屏住呼吸……

這種感覺，就像是有人在自己的身旁朗讀……構成故事的文字一個接著一個，悄然無聲的鑽進耳中，奏起文字的雨聲。

這場雨會持續下到什麼時候呢？雨勢就快停歇，要讓太陽重新露臉了嗎？

（下了這麼久的雨，世界的分界線應該還很泥濘。）

露子集中精神仔細聆聽，同時這麼想著。之前她在這裡聽到了「剩餘者」的對話，他們提過雨水會讓兩個世界的分界線變得泥濘，他們才有辦法來到外面的世界。既然如此，露子沒有道理找不到回去的路。

——終於，喇叭聲逐漸遠去，兩個滴答早已餓扁的肚子，因為吸收了河面的霧氣變得冷冰冰的。

「我已經累壞了，肚子好餓喔。」

其中一個滴答發出咕噥，另一個滴答聽了立刻起身，小船也隨之搖晃起來。

「這種事我當然知道啊！但是我們現在只能逃跑，要是被呸抓到，我們就完蛋了！」

「我知道啦，你不要大聲嚷嚷好不好？」

可憐的滴答如同被整個世界遺棄，他們蒼白的臉頰皺成一團。

「對不起。」「對不起。」

接下來，他們不發一語，在黑色的河川順流而下……

露子在通道的盡頭轉過身，繼續在圖書館內走動。為了避免圖書館館員發現，她放輕腳步躡手躡腳的走路。

每當走到書櫃的盡頭，她就會消除自己的氣息，屏住呼吸，一邊提防四周，一邊迅速鑽進另一條通道，像極了正在逃離一百個呸追捕的兩個滴答……

——世界的盡頭，是個布滿灰色沙子的懸崖。

世界在懸崖的邊緣戛然而止，再過去便是一整片漆黑空洞，無邊無際的狂亂幽暗。兩個滴答見到這超乎想像的荒涼景象，不禁停下了腳步。

「前面再也無路可逃了呢。」

右邊的滴答無力的開口。

「為什麼？我們還是得逃，我們就是為了逃離呸的追捕，才來到這裡。」

左邊的滴答加重語氣回應。

「我原本以為，只要逃到世界的外面就安全了——可是你看，世界的外面一定很荒涼吧。」

「可是已經沒有別的辦法啦。」左邊的滴答垂下肩膀，發出嘆息。「呸好像無論如何都不肯讓我們存在於世界上。」

在他們陷入沉默、拖拖拉拉的期間，時間繼續不斷流逝……遠方再度傳來一百個呸吹響的喇叭信號。

「走吧，不管是多麼荒涼的地方，只要我們兩個在一起，我都想去看看。」

兩個滴答握緊彼此的手，同時從懸崖的邊緣踏出去。下一刻，他們「咻」的掉了下去，頭也不回的一直、一直往世界另一端的黑暗墜落……

露子在書櫃之間持續走動，感覺眼前的景象逐漸變得模糊，就好像圖書館內出現了霧氣。她停下腳步，揉揉眼睛再看一次，周圍看起來還是朦朦朧朧，不僅如此，應該直挺挺的書櫃也扭曲了起來。

露子心頭一驚，把身體靠到旁邊的書櫃上，不過手中抓著的書櫃卻如同影子般沒有實感，穿著長靴的腳也像是踩到泥巴陷入地面。直到這時，露子才豁然開朗。

（原來如此……這裡就是世界的泥濘！）

世界似乎一直在等待露子意識到這件事。漆黑的幽暗突然湧入她身後的通道，把她先前走過的路吞噬得無影無蹤。

儘管回頭望見的景象讓露子寒毛直豎，但她還是無懼的凝視著眼前的黑暗。這幅景象和玉響響喉嚨深處的黑暗大隧道沒有兩樣，在伸手不見五指的黑暗中，充斥著許多不知名的氣息，正在喧鬧蠢動著。

露子的耳朵周圍冒出雞皮疙瘩。她背對逐漸擴散過來的黑暗，再次朝書櫃的前方踏出腳步。

嘎吱，嘎吱——每踏一步，腳上的長靴便陷進地面。身後的黑暗無聲騷動著，催促露子往前走。露子只是看向前方，一步一步持續前進。

眼前的通道很明顯比實際通道還要長。這條看不見盡頭的筆直路徑，絕對不是市立圖書館能容納的長度。它無窮無盡的向前延伸，長度甚至超越了林檎林加鐵路的軌道。

（現在只能硬著頭皮走下去了，這是唯一能回到「下雨的書店」的路……）

露子心中的自言自語，像是讓擴音器放大了音量，在四周引發回響，使她的腦袋和耳朵產生震盪。

這時——

擺在不斷延伸的書櫃上的書籍產生了異狀。

露子才剛覺得書背上的文字好像有點扭曲，下一秒，那些文字便搖搖晃晃的抖動，擅自脫離書本動了起來。有的書名文字在書背上來回徘徊，最後在別

本書的書背空隙落腳。還有另一本書的金色書名文字閃閃發光，如雨滴般掉落下來。

文字不斷歪斜扭曲，或伸或縮，並且改變形狀，甚至大剌剌的開始飛來飛去。

「長」是這樣寫的嗎？「回」字只有兩個方塊嗎？是不是要再多一個方塊才對？《根據洋蔥為了貓和鴿子的景深研究》——書名變成這樣，根本無法想像內容是什麼，還有《天　和　家軼話》——書名文字直接離家出走的情況……

書背上的文字一個個扭曲剝落，接著如同大隧道裡的壁畫，開始描繪無止盡的紋路。這些文字理所當然的穿過露子的身體，飛向在她身後蠢動的黑暗。

露子注意到，那些穿過她身體的文字上長著小小的翅膀。不知道從什麼時候開始，這些從書上掉下來的文字，已經變成到處嗡嗡飛的小蟲。她絕不可能看錯，那些有翅膀的小蟲，就是以有趣的書本為家的「獵書嗡嗡」。喜歡書本的小蟲一邊搔露子的癢，一邊在空中繞圈，與黑暗的隧道合而為一，拉出無數層螺旋，往前方不斷延伸。跟「獵書嗡嗡」合為一體的黑暗追過露子，開始吞噬無窮無盡的書櫃。

由黑暗構成的螺旋開始匯聚於一處漩渦，將殘存的文字和露子全部吞沒。露子已經分不清自己究竟是一個人類女孩，還是四散文字的集合體。

黑暗與眾多文字以逆時鐘收束，縮小到不用放大鏡就看不見之後，繼續縮小到不用顯微鏡就看不見，最後形成一個漩渦狀的顆粒。這個呈現端莊亞麻色具有厚度的漩渦，接著變成了某種生物的殼。原本構成漩渦的黑暗從周圍消散，在朦朧的純白景致中，只有這個生物的殼帶有確切的影子。露子很清楚那個生物是什麼，那就是……

「菊石……不、不對，是雀羽菊石9。等等，也不對，那是……對啦，是指菊石的化石……」

「妳在說什麼啊？這是蝸牛。而且牠還活著，不是化石喔。」

露子聽到古書先生的聲音，猛然回過神來。

她置身在「下雨的書店」裡，眼前的草地上有一隻蝸牛正舒服的伸展觸角，滑溜溜的爬來爬去，還有好幾隻「獵書嗡嗡」從露子的背後飛向書店深處。

「……」

露子呆站在原地，眼前的古書先生從地上撿起蝸牛，把牠放到桌上。古書先生黃色眼鏡後方的雙眼，已經恢復平時的理智，原本亂蓬蓬的羽毛也整整齊齊的貼在背後，他還用鳥喙叼著玻璃菸斗。

「露子！」

舞舞子跑了過來，像要用洋裝包住露子似的摟住她的肩膀。

「太好了，妳平安無事啊！妳一個人跑到哪裡去冒險了？」

舞舞子湊到露子的鼻尖前，像是要仔細檢查她的五官是否完好。

「舞舞子，妳認得我嗎？」

露子抬頭看見舞舞子眼中的黃昏色晃動了一下。

「當然囉，妳完全就是原本的那個露子。」

蝸牛熟門熟路的在書本和信紙堆積如山的桌面爬行，最後停在古書先生用來當紙鎮的指菊石化石上。亞麻色的蝸牛和黑亮的古代生物化石固然大小不同，不過，他們身上都有一層一層無比精確的逆時鐘漩渦。

---

9 Pavlovia，又名巴氏菊石、帕夫洛夫菊石。

從古書先生的桌面，到露子剛才走過的草地，上頭擺放了一整排手持鏡、水晶球，還有盛著水的玻璃盤等五花八門的道具。這些都是能映照出物體形貌的東西，鏡面和水晶球的表面像水面一樣泛著陣陣漣漪，留下了魔法的痕跡。

「雖然我沒有十足的把握，能用這個方法把妳召喚回來，但也只能試試看了。不過這麼一來，也證明了構造的照射方式，能對兩個世界的交界起作用。」

古書先生用力擤了擤鼻子。

「古書先生注意到妳應該是找不到回來的路，所以嘗試用了咒語。」

「舞舞子，別把這個跟咒語那種不切實際的玩意相提並論！我是利用宇宙的重複結構，計算出能對世界泥濘造成效果，了不起的——」

舞舞子一瞇細雙眼，古書先生便識相的把話打住，然後清了清喉嚨，用手帕摀住鳥喙。露子看著他們一來一往的互動，腦袋仍然處於昏昏沉沉的狀態。

「古書先生，你的感冒呢？滅絕感冒已經好了嗎？」

經她這麼一問，古書先生用手帕抹了抹鼻孔。

「放心、放心，雖然還是會打噴嚏，但高燒已經完全退了。」

「那……那麼隕石呢？」

古書先生沒有回答，只是用菸斗的吸嘴搔了搔額頭。不過，只要觀察一下店內便能知道答案。書櫃上的書、人偶、原石以及水中花玻璃瓶，「下雨的書店」裡的一切已經不再不安的顫抖。蝸牛也待在化石紙鎮上，悠哉的伸展著觸角……看到這個景象，露子突然倒抽一口氣。

「莎拉！舞舞子，莎拉呢？她在哪裡？還有星丸與『剩餘者』他們呢？為什麼古書先生能在我不在的期間治好感冒？」

露子的腦中滿是疑問。一連串問題脫口而出，書芊和書蓓急忙從舞舞子的背後現身，分別抓住露子左右兩邊的袖子，開始用力拉扯。這兩個精靈的藍寶石色眼睛眨也不眨，使盡力氣要把露子帶往什麼地方。

「這個嘛，小朋友……」

另一個方向傳來的聲音，讓露子整個人跳了起來。她轉過頭，看到七寶屋老闆正從容的倚著香菇桌喝茶。他不知道在什麼時候結束了鐵路旅行，來到店裡澈底的放鬆自己。

「事情是這樣的。我透過渡渡鳥公會的協助，跟舞舞子和電電丸一起來到『下雨的書店』，不過有個自在師女孩也在那時來到這裡，說要到我的店裡買東西。然後，她購買了能治療滅絕感冒的藥。說來慚愧，連我也不知道千年水能治療古書先生的感冒呢。」

說到這裡，七寶屋老闆把濃郁的琥珀色茶水灌入口中。

「哎呀，更讓人慚愧的還在後頭呢。那位自在師女孩，好像就是我在尋找的從店裡消失的東西——我先前向妳收來作為款項的那個未來，好像從壺裡溢了出去，而那溢出的部分就成了另一個女孩。遺失款項這種事，實在不是身為老闆的我應該發生的行為……真是太沒面子了。」

七寶屋老闆垂下頭，那讀不出表情的臉上，一點也沒有難為情或是過意不去的樣子。這真是太好了，畢竟露子一點也沒有要責怪那件事的意思。

「本莉露在哪裡？還有星丸和莎拉他們……」

這時，古書先生有點難以啟齒的清了清喉嚨，接著又用菸斗的吸嘴搔搔額頭。

「雖然本莉露在七寶屋老闆那裡幫我買了藥……但是她沒有未來能作為購買商品的費用——也就是說，她的未來沒有別的可能性。本莉露原本就是背負修復世界歪曲使命的自在師，現在她失去了所剩無幾的時間，已經快要消失了。」

古書先生沉痛的低下頭，書芊和書蓓則是更用力的拉著露子的袖口。

「怎麼會……」

露子看著自己空空如也的雙手。回到這裡的時候，她明明拿著一本童話故事書。

古書先生又擤了一次鼻子，然後毅然決然的抬起頭。

「我賭上『下雨的書店』的聲譽，絕對會找出本莉露想要的那本書。即使我渡渡鳥的雙腳必須遠赴大地的盡頭，我也在所不惜！然而現在已經快沒有時間了。」

「露子，妳趕快去找本莉露。她在丟丟森林，那裡應該有力量保護快要消失的東西……但是說實話，我不知道保護遺忘故事的力量，是不是連也能保護快要消失的女孩……星丸、莎拉和電電丸都在那裡陪她。」

舞舞子一邊說明，一邊如變魔術般從洋裝袖子裡取出總是收得好好的黑色雨衣。這件就是下襬尖尖刺刺、屬於露子的蝙蝠雨衣。

露子穿上蝙蝠雨衣後，匆匆環視店內尋找提示。若要前往丟丟森林，便需要一人份的「夢之力」。

古書先生為了召喚露子使用的鏡子、水盤——在那些物品裡，有個嵌著鏡子的方框。露子拿起這個橫躺在地上的方框，看著方形鏡中的自己，簡短的念道。

「趕快去。」

一瞬間，鏡子外的露子消失無蹤，鏡中的露子則是轉身跑了起來。鏡中的露子在助跑後張開背上雨衣的蝙蝠翅膀，往鏡子深處逐漸遠去。

二十四　自在師的結局

丟丟森林裡的空氣澄淨清新，有點像雪的味道，既如剛送達的信件嶄新，又隱約帶著讓人懷念的甘甜。

露子深吸一口森林的空氣，站在布滿四周的水面上。丟丟森林總是浸泡在沁涼澄澈的淺水中，不過即使隔著長靴，她也能感覺到這裡的水面不斷泛起細微的漣漪。平常頭頂上的天空總是一片黑暗，但此刻金色的光芒正無窮盡的往四面八方奔流，幾乎要填滿整片天空。那是治好古書先生的滅絕感冒後，隕石崩裂產生的火花。迸裂的火花如同野菊花般耀眼，接二連三的在有如黑色天鵝絨的空中畫出璀璨軌跡，然後逐漸消失。

那幅景象實在太過耀眼，露子帶著身體快要被吸進去的感覺，踏進乳白色的樹林。從樹身內部散發柔和燈火，為黑暗的森林帶來些許光明的巨大樹木，在此刻把這個工作交給金光閃耀的天空，自己轉趨低調。盤屈交錯的樹根上，聚集著來自水中如同五顏六色果凍般的柔軟寶石——故事種子和夢想種子——這些種子在漣漪中晃動，叮咚、叮咚的反覆演奏著愉悅的音色。

有條看不見的線在確實的引導露子，所以她的腳步沒有一絲遲疑。確定方向後，露子便張開背上的蝙蝠翅膀，腳尖離水的浮了起來，開始在樹林間飛行。

用蝙蝠雨衣飛行，真是太暢快了！現在能憑自己的意志，用自己的身體飛行，而不是被大隧道裡的氣流帶著走，或是被本莉露的魔法吹得遠遠的，露子開心得不得了。她在樹林間穿梭，同時翻了好幾個圈。

過了一陣子，前方終於傳來熟悉的說話聲——更正確的說，是一堆斷斷續續的低語和嘆息……

「本莉露姊姊會消失不見嗎？」

「唔、嗯，我們實在是不知道啊……」

「她一定會得救的！因為我這個幸福的青鳥兼希望之星在這裡啊，而且——喏，妳看，露子來了！」

星丸最先朝露子的方向看過來，並且對她拍了拍手。露子直到最後才收起蝙蝠翅膀，一口氣停了下來，降落到大家面前。

「姊姊！」

莎拉大喊。她握著闔起的白色羽毛傘，睜圓雙眼盯著露子。星丸和乘坐在雨雲上的電電丸，也和莎拉待在一起。

露子有好多好多問題想問莎拉，也有好多好多話想對她說，不過一看見被眾人圍繞著背靠樹幹頹坐在地的本莉露，露子便顧不得呼吸還沒平順，直接跪在本莉露面前。

「對不起，本莉露。我沒有找到書。」

靠坐在大樹根部的本莉露，此刻雙眼呈現勿忘草般的淡藍色。她費力的抬起雙眼看向露子，臉頰就像沒人書寫過的紙張一樣蒼白。露子看得出來，本莉露的輪廓正溶入空氣中，逐漸變得模糊。自在師就快要從這個世界上消失了。

「無所謂，反正我也快要消失了。」

說也奇怪，雖然本莉露低垂著臉，但她並不難過，只是靜靜等待即將到來的那一刻，而且她似乎對莎拉、星丸，以及電電丸待在自己的身邊感到疑惑。一股激烈的情緒湧上心頭，露子忍不住開口訓斥。

「怎麼能讓那種事情發生！雖然我沒有找到書，但古書先生說他一定會找到。要是妳還沒看完想看的書就消失，古書先生可不會饒過妳。而且，而且……」

莎拉擔心的抬頭看著劈里啪啦說個不停的露子；星丸似乎有點不是滋味，

噘著嘴觀察她們的互動；電電丸則是蹙起八字眉，似乎在思考什麼。

本莉露垂下肩膀，輕輕嘆了一口氣。她的輪廓感覺比剛才更加模糊，頭髮和衣服上的條紋也逐漸褪色，就像是看著植物在自己眼前枯萎，花瓣一片片凋落。即使很明白再掉下幾片花瓣生命就會走到盡頭，卻只能眼睜睜的看著無計可施。

隕石的火花在整片天空開滿金色的野菊花，帶有巨大力量的隕石碎成火花四處飛散，變得像金平糖一樣渺小，並且化為看不見的雨落到地面。

莎拉再也無法忍耐，伸手抱住露子的手臂。看到有人逐漸從自己的眼前消失，她害怕得幾乎要哭了出來。

「要不要我去找舞舞子姊姊，跟她要一些點心？不管是誰，只要吃了甜食都會變得有精神喔。」

星丸跳了一下，地上的水也隨之濺起水花。

就在這時，有個像是扯著嗓子發出的高亢聲音，像箭矢一樣飛射而來。

「等等，等等，等等啊！我寫好囉！」

鬼魂朝著這裡急速飛來，然後——啪沙！他以頭部栽進水中的方式著地，整個身體也跟著變形。

一時之間，所有人都還沒反應過來。位在大家中央的鬼魂就這麼溼漉漉的起身，把一疊稿紙遞給本莉露。那疊稿紙上寫滿歪七扭八的文字，而且數不清有多少頁，厚度大概相當於一本書。鬼魂十萬火急的衝回寫作室，之後便一直待在裡頭書寫故事。

「這、這是我新寫好的故事。我是為了讓妳讀，才特地寫下來的喔。」

他大概是一氣呵成的寫完整篇故事，所以整張臉削瘦不少，如同水母般的身體也不斷顫抖，彷彿隨時都會四分五裂。

那疊到處沾著墨水汙漬的皺巴巴稿紙，由透著水藍色和銀色的美麗裝訂繩牢牢繫著。那條裝訂繩，就是鬼魂在七寶屋購買的商品。

裝訂繩即使泡進水裡也不受影響，始終維持乾燥的狀態，穩固的繫著稿紙。本莉露不發一語的盯著那疊稿件，然後以令人心急的速度緩緩伸手接下。那疊稿紙大概很沉重，所以本莉露的手臂不穩的顫抖著……當她好不容易捧住稿紙時，她那逐漸溶入空氣的輪廓，也恢復了清晰的模樣。

本莉露凝視著為自己而寫的故事，甚至忘了要呼吸。她的眼睛發出深沉又豔麗的藍色光芒，鯰魚色的辮子隨著肩膀的動作晃來晃去。

「這是……給我的？」

鬼魂沒有力氣回答，軟趴趴的倒在地上。莎拉急忙趕過去，露子和星丸也一起幫忙把他扶起來。

「靈感鬼哥哥，打起精神來。人家帶了巧克力喔。」

「來，抓著。就算你是鬼魂，倒在這裡也一樣會溺水喔。」

鬼魂被電電丸拉到雲上，筋疲力竭的吃著莎拉從口袋裡拿給他的薄荷巧克力。

「那些『剩餘者』怎麼樣了？」

問完問題，露子才想起一件事。能夠進入丟丟森林的只有人類，因為聚集到這裡的遺忘的故事與夢想種子，都是人類的產物，「剩餘者」根本沒辦法前來（本身就是人類夢想的星丸，還有本來是人類的電電丸，那就另當別論了）。那三隻一定都在「下雨的書店」等待。

「本莉露，妳看，妳沒有消失喔。」

露子走到仍然盯著稿紙的本莉露面前，屈膝跪下來靠近她。本莉露就像是隻身來到陌生國家的幼童，抬眼看向露子。露子感覺自己在她的眼睛裡，看到了在整片天空大肆綻放的隕石火花。

「妳沒有消失喔，本莉露，妳還好端端的在這裡。接下來，妳可以看那個故事了。還有《兩個滴答與一百個呸》那本書，古書先生絕對會找出來的。」

星丸對興奮不已的露子，發出「啾——」的口哨聲。

「妳很遜耶，比看書更有趣的事明明多得要命——不管怎樣，她已經不會消失了吧，呀呼！」

他一口氣在原地翻了兩個筋斗。

「不過……為什麼這樣？」

本莉露不敢置信的捧著一整疊稿紙。在有人來幫她下決定之前，她似乎無法確定自己能不能擁有它。

不過，在回答她的疑惑之前，大家先聽到了啪嗒啪嗒的腳步聲，有人踏著水面朝這裡接近。轉頭一看，有個黑白色身體、鼻尖長長的四腳生物，正在乳白色的樹林間穿梭，全神貫注的往這裡衝過來——是丟丟森林的貘！

「哎呀，危險！」

星丸變成小鳥，忽上忽下的到處飛舞吸引貘的注意力，然後才一鼓作氣的飛上高空。

電電丸也讓雨雲往上升，露子則是張開蝙蝠雨衣的翅膀，正想要抓起莎拉的手時，才發現莎拉早已撐開羽毛傘，靠著自己飛到空中。逃到高處的所有人，看到本莉露在原地一動也不動，全都吃了一驚。殺氣騰騰的貘，可是正朝著她衝過去耶！

不過更讓人驚訝的是，貘一看到本莉露就馬上緊急煞車，不僅如此，牠還像狗一樣，把鼻子湊上去聞她的氣味。本莉露站起身，把稿紙緊緊抱在懷中，生怕貘會把故事吃掉……不過貘只會吃夢，牠對寫在紙上的故事沒有任何興趣。

「本莉露，快點過來！」

露子一邊呼喚本莉露，一邊改變身體的方向前去搭救她。電電丸也嚴陣以待，密切注意底下的狀況，以便隨時移動雨雲。

這究竟是怎麼回事？平常貘總是會抬起傻乎乎的臉，落寞的望著星丸，但是不知為何，牠現在卻一直看著本莉露。除此之外，本莉露用幾乎聽不見的細小聲音開口說：

「我飛不起來了。」

她一臉不可思議的凝視著自己的手腳。

「魔法消失了。」

她的聲音如同砂糖堆成的點心，消失在空氣中。

「原來是這樣！」

星丸恍然大悟的拍了一下手，在空中用力蹬了蹬光溜溜的腳。

「那隻大蛇不是說過嗎？她不應該再當自在師了。本莉露被吞下去的時候，就已經不是自在師了，所以現在才會飛不起來。」

確實有道理。本莉露被白蛇吞進肚子之後，就再也沒有拿過那根手杖。現在她的手上捧著接下來要讀的故事，跟貘大眼瞪小眼。

「所以說……」

在黑暗天空中閃爍的細小隕石碎片，就像是慶祝的煙火。

「所以說，本莉露不會消失了！」

露子的聲音響遍森林。她的聲音宛如得到了回應，乳白色的樹木和聚集在森林裡的故事種子，同時綻放出光芒。

露子小心翼翼的降落到本莉露身旁。貘仍然抬著視線，定睛凝視本莉露。

「我……可以存在嗎？」

本莉露像在自言自語似的低聲呢喃。

「當然可以啊。」

露子的回答中氣十足，連她自己也沒有聽過這麼厚實有力的聲音。

透明的水珠沿著本莉露低垂的臉往下滑，她已經變成了再平凡不過的女孩。露子握起她的手，貘則是一直嗅聞她的氣味，似乎對她放心不下。

「哦，我從來不知道貘會對食物以外的東西有興趣。」

星丸用感嘆不已的口氣說道。莎拉則是一點一點的降低羽毛傘的高度，想要就近觀察貘。

隕石的火花仍然閃爍著金光，在整片天空描繪出壯麗的圖案，而那個圖案就像是用露子看不懂的文字精心寫下的故事。

露子深吸一口丟丟森林中帶著火花氣味的空氣，開口說：

「來，我們回去『下雨的書店』吧。」

二十五　看吧，還是圓滿大結局

露子一行人回到書店後，立刻受到從天花板落下的雨水迎接，舞舞子也張開雙臂撲向他們。舞舞子竭盡所能的伸長手臂，將露子、莎拉、星丸和本莉露全都攬入懷裡，書芊和書蓓也高興得飛來飛去。

「歡迎回來！哎喲，看你們都溼成這樣。莎拉，有沒有著涼？露子、星丸，你們沒有又在哪裡撞出包來吧？本莉露——」

舞舞子一個一個點完名才把他們放開，接著輕輕環抱本莉露一人。

「真高興看到妳平安無事。歡迎回來。」

本莉露像一根棒子似的呆立在原地，動了動嘴唇像是要開口說「對不起」。舞舞子注意到她手中那疊稿紙，立刻揚起眉毛。

「哇，本莉露，妳找到了妳的故事呀。」

舞舞子黃昏色的眼睛裡，亮起了第一顆星光。本莉露有些難為情的把頭低了下去。

「咳咳！」

古書先生煞有其事的清了清喉嚨，從桌子後方笨重的走了出來。不過他接著又微弱的咳了好幾次，原本蓬起的羽毛隨之萎縮，於是他用翅膀搔了搔額頭。

「這次真的造成了難以想像的大騷動。我差點就要用隕石毀滅這個世界，讓一個女孩消失了。唉，這到底該怎麼賠罪才好……」

古書先生似乎發自內心感到抱歉。他皺著一張臉，腦中八成在翻找各種書中名言，或是既配得上這種場合說出來也得體的諺語。莎拉不顧老闆的努力，挺直身體說：

「說聲『對不起』就好啦。做錯事的時候，要好好道歉才行喔。」

古書先生一臉不知所措，鏡片後方的眼睛也不停打轉。

「喂，莎拉妳啊……」

露子用手肘戳了戳莎拉，但是莎拉不理她，繼續說下去。

「不過，古書先生只是得了感冒吧？如果不是故意要感冒的話，就不用說對不起，這是媽媽跟姊姊告訴人家的。」

莎拉說完後，臉上揚起成熟的笑容，抬頭看向古書先生。

「嗯，嗯……」

這時，有人在搔著額頭的古書先生面前揮了揮手，原來是七寶屋老闆。

「哈哈哈，小小朋友說得真有道理。雖然由種下這場騷動種子的我來說，似乎不太適合……不過我不小心種下的種子，似乎發育得頗為茁壯呢。」

說到這裡，七寶屋老闆的金色眼睛亮了起來，看向露子和本莉露。

「不論來自怎樣的種子，培育出的花朵都是美妙之物。」

露子想到本莉露可能會覺得不安，於是再次牽起她的手。就在這時，露子注意到——本莉露那雙原本會變換不同顏色的眼睛，現在變成了棕色，而且是沐浴了充沛陽光、水分飽滿的泥土棕。

本莉露睜著泥土棕色的瞳孔，以有點顫抖的聲音明確的開口。

「我做了很多不好的事，因為我不知道自己要做什麼才好，也不知道自己為什麼會出現在這個世界，可是……」

她悄悄看向那疊稿紙。

「我要為了看這個故事活下去。看完這個故事，還要再找其他書來看，就這樣靠閱讀活下去。等下一本書也看完了，就再找下一本……當然了，我會一直珍惜這個故事，一遍又一遍的反覆看它，然後啊，我要在有朋友的這個世界上，一直活下去。」

「說得真好啊！」

古書先生發出低沉的喝采。

「很好，很好，說得太好了。就是這樣，我們就是為了活下去而看書。我們生命力的根源，是和故事相連的！」

古書先生和舞舞子迅速的對看一眼。在一陣沉默中，兩人似乎商量了什麼，然後由古書先生用鄭重且宏亮的嗓音，將他們得出的結論告訴本莉露。

「本莉露，沒有人責怪妳做過的事，我們很希望妳能在這個『下雨的書店』住下來。要是妳願意待在這裡，我保證妳時時刻刻都能看到有趣的書。」

本莉露對古書先生的提案，直截了當的搖頭拒絕。

「聽到你這樣說，我很感謝。不過，我決定要待在丟丟森林。」

她的決定讓露子驚訝得睜圓了雙眼，本莉露也用同樣顏色的眼睛看著露子。

「我覺得貘的身邊應該也要有人陪伴。我要看什麼書，我會自己尋找。」

「本莉露，妳何必……」

舞舞子也撫著臉頰，露出一臉擔心的表情。這時，星丸「啾」的叫了一聲，變成小鳥飛到露子的頭上。

「這樣的話，要不要我幫忙把書送過去？反正丟丟森林我滿常去的。只是我一靠近那裡，貘那傢伙便會大鬧一番就是了。」

本莉露帶著略顯生硬的表情陷入沉默，不過事情似乎就這麼說定了。

「年輕人的決斷，往往讓年長者摸不著頭緒啊。」

古書先生交疊著翅膀，看向遠方。這時——

「自在師，聽說隕石消失了，這是真的嗎？」

鳥公主撐著純白的天傘，像小石頭一樣飛了過來。

「就是啊就是啊，滅絕危機已經解除了吧？」

「照這樣看來，書也已經找到囉？」

壁虎和魚也從書櫃的角落探出頭來。這三隻小生物，從頭到尾一直躲著觀察事情的發展。露子對這群「剩餘者」輕輕搖了搖頭。

「我們沒有找到之前那本書，但是隕石真的碎成很多小碎片消失不見了，而且這個女孩也不再是自在師了。」

聽了露子的答覆，三個「剩餘者」都驚訝得發不出聲音。不過，還是有人像是一口氣打開一百個驚奇箱似的，露出比他們更驚訝的表情，那個人就是莎拉。

「——是鳥公主！」

莎拉大喊到連雨滴都快被她吹走了。鳥公主看見莎拉，也露出同樣震驚的表情。人類女孩和雛鳥不論在身體大小和構造上都完全不同，但是同樣拿著白傘的她們，卻相似到不可思議的程度。

「妳是誰？為什麼妳也有天傘？」

鳥公主一副不敢置信的樣子。

「之前不是說過了嗎？她是我妹妹莎拉，被誤認成鳥公主的就是她。」

露子回答完，這下輪到莎拉因為姊姊認識鳥公主而驚訝不已，眼睛也愈睜愈大。

「姊姊……人家找到鳥公主了！」

莎拉的聲音裡充滿驕傲，彷彿她的體內有著閃耀的金色火焰，燦爛的熱氣乘著聲音迸發出來。

「找到了！找到了！人家遵守了和鳥人的約定！」

莎拉興奮得跳上跳下，鳥公主也跟著蹦蹦跳跳的。

「『剩餘者』也得回去他們居住的地方，我本來打算要送他們回家，結果大家都回來『下雨的書店』了。」

露子頭上的星丸，為難的歪著頭。

「因為你會在途中突然開始別的冒險啊，要老老實實送他們回去是不可能的。」

說到這裡，始終待在雨雲上的電電丸，不太有把握的把肩膀湊過來。

「既然這樣，由我來護送這幾個小不點回家如何？雖然到達目的地的時候，你們家附近可能會下雨。如果不介意的話……」

「當然不介意。拜託你囉！」

鳥公主精神抖擻的飛了起來，一邊用天傘旋轉身體，一邊高聲鳴叫。

「我會告訴所有國民，沙漠之國要下雨了！」

這時，舞舞子拍了拍手，吸引大家的注意。

「既然事情都決定好了，那大家先一起喝杯茶吧。要把肚子填得飽飽的再出發喔。」

香菇桌配合在場的人數愈長愈大，舞舞子在上面攤開晴空和陣雨交織而成的桌布，色澤亮麗的藍色和白色上，清晰映照著閃閃發亮的水珠。

桌布上放著用蜂鳥採來的蜜做成的精靈派，裝飾著泡泡奶油和星星糖球的杯子蛋糕，捲著黑白漩渦的可可亞，加了大量野花和野果的紅茶，撒有琥珀色砂糖的焦糖脆片，有點歪斜但高達七層的蛋糕塔，燃著火焰的白蘭地糖果，充滿氣泡的草莓檸檬水……還有好多好多根本吃不完的精美甜點和飲料，擺滿了整張桌子，看起來非常熱鬧。

「哇啊啊啊，我的肚子要餓扁了！」

前一刻還像洩了氣的游泳圈般乾癟的鬼魂，突然從雨雲上彈起來。他一馬當先的衝到香菇桌前就座，還沒說「我要開動了」，便一把抓起桌上的點心。

「把焦糖脆片留給我啊！」

星丸趕緊大喊，飛到桌子中央，迫不及待的啄起自己愛吃的點心。

「人家也要吃！鳥公主，妳也一起來吃吧。」

鳥公主在莎拉的催促下來到桌前，壁虎和魚也靠著舞舞子的手心，爬上空間快被茶點占滿的桌子。

露子和本莉露手牽著手入座；雷雷丸搔了幾下頭，也隨之從雨雲上爬下來。

「──那麼，各位。為了慶祝隕石消滅，以及新的愛書人誕生，我們乾杯！」

古書先生高舉裝著檸檬水的杯子，但是其他人早就開始埋頭各吃各的，奶油、木莓和爆米花飛得到處都是。儘管如此，大家都確實感受到了慶祝的氣氛。

擺放在桌面的水晶球上，有隻蝸牛悄悄守護著這段歡樂的下午茶時光，牠靜靜晃動的觸角，一定是在打這樣的信號。

「可喜可賀，可喜可賀。」

無數道橘色和金色的光芒灑落在市立圖書館內。雨終於停了，雨後黃昏的陽光比平時還要鮮明耀眼，將昏暗建築物內的所有角落都洗滌乾淨。

露子和莎拉手牽著手，從「下雨的書店」回到了這裡。她們的身上，都穿著舞舞子從林檎林加鐵路細心帶回來的雨衣。

「莎拉，妳從書之塔消失後，到底去了哪裡？」

露子在炫目的陽光下揉了揉眼睛。莎拉露出不可思議的表情，歪著頭感到疑惑。

「消失的是姊姊才對吧？我們其他人都擔心得不得了，如果妳也能見到刻萊諾就好了。」

莎拉像在喝果汁似的深吸了一口陽光，然後心滿意足的吐氣。

「姊姊，這真是一場大冒險呢。」

莎拉還處於興奮狀態，不過露子壓低聲音告誡她。

「噓，在圖書館裡不要大聲說話。」

接著，露子牽著莎拉的手踏出步伐。

「回家之後，要好好跟媽媽道歉喔。她一定很擔心妳，畢竟妳可是打算離家出走呢。」

莎拉覺得有點不安，抬頭看著前方的露子。

踩著大步前進的露子，愈來愈難保持嚴肅的表情，最後她終於再也忍不住的噗哧一笑，雙腳也自然而然的向前奔跑。

「姊姊，妳怎麼了？」

莎拉腳步踉蹌，差點整個人往前栽，但她還是拚命跟在露子的後頭。

「回家後，我們用最快的速度把拼圖拼完吧。拼完拼圖我就要開始寫故事，寫給本莉露看的新故事。」

露子的話語中充滿喜悅，透過牽起的手，她感覺到莎拉也開心得臉頰綻放出光彩。

露子肺部的空氣和血管裡的血液，似乎統統煥然一新，她抑止不住身體的雀躍，腦海中浮現出許許多多想寫的故事。就是這些活蹦亂跳的故事，驅使她拔腿奔跑。

露子下定決心，要把這些故事全部寫下來。

等故事全部寫完，她要把這些故事送給朋友。

就這樣，露子和莎拉懷抱著和前往「下雨的書店」一樣的興奮之情，穿過殘留著晶亮雨滴的圖書館玻璃門。

未完待續，《下雨的書店：雨中森林》即將出版

作者簡介

日向理惠子

一九八四年生於日本兵庫縣，從小便展現出喜歡畫畫的天分，六歲左右開始把筆記本當成空白繪本，在上面塗鴉創作。小學時因為體弱經常待在保健室，在保健室的老師指導下學會打字。不論在教室或是家裡，總是在讀書或者寫字，也經常抱著寫字用具到處走來走去，雖然實際完成的作品並不多，卻就此開啟了她的創作之路。高中時曾以高木理惠子的名字出版了《前往魔法之庭》（魔法の庭へ），二〇〇八年出版《下雨的書店》之後，以兒童文學作家身分在日本文壇展露頭角。

《下雨的書店》系列已出版至第五冊，除在日本備受歡迎外，也發行多種海外譯本。其他重要著作尚有融合戰爭與奇幻題材、改編為電視動畫的《獵火之王》（火狩りの王）系列、以「不想去上學」念頭展開的《星期天的王國》（日曜日の王国）、以荒廢的遊樂園和外星人為題的《迷路星星的旋轉木馬》（迷子の星たちのメリーゴーラウンド），以及甫問世的《星星的廣播電台與卷螺世界》（星のラジオとネジマキ世界）等作品，每一部都是以純真的兒童之眼創造的想像世界。

創作之餘，日向理惠子喜歡養花蒔草，是一位綠手指。除了在部落格上與讀者分享她的植物日記外，她也將對花草的愛好融入情節創作之中，讓幻想世界充滿自然綠意。

繪者簡介

吉田尚令

一九七一年生於日本大阪，為知名插畫家。一九九〇年自大阪府立港南高校現代工藝科畢業後，從事設計和廣告相關工作，現在以插畫和書籍封面為主要創作領域，由於畫風柔和，經常被誤認為是女性插畫家。繪製作品除了《下雨的書店》系列，還有與知名作家宮部美幸合作的《惡之書》、由演員草彅剛翻譯自韓文的《月之街　山之街》（月の街　山の街）、板橋雅弘「壞蛋爸爸」系列的《我爸爸的工作是大壞蛋》和《我的爸爸是壞蛋冠軍》，以及安東みきえ的《向星星訴說》（星につたえて）等。於二〇〇一年起多次舉辦個展，並以與知名兒童文學家森繪都合作之《希望牧場》獲得國際兒童圖書評議會榮譽獎（IBBYオナーリスト賞）。

譯者簡介

涂祐庭

曾任全職譯者，譯作有《魔女宅急便》特別篇、《黃昏堂便利商店》、《她和她的貓》等。

故事館
下雨的書店：天氣漩渦的危機

作　　者　日向理惠子
繪　　者　吉田尚令
譯　　者　涂祐庭
美術設計　達　姆
協力編輯　葉依慈
責任編輯　巫維珍

國際版權　吳玲緯　楊　靜
行　　銷　闕志勳　吳宇軒　余一霞
業　　務　李再星　李振東　陳美燕
編輯總監　劉麗真
出　　版　小麥田出版
地址：115台北市南港區昆陽街16號4樓
電話：(02)25000888
傳真：(02)25001951
發　　行　英屬蓋曼群島商家庭傳媒股份有限公司城邦分公司
地址：115台北市南港區昆陽街16號8樓
網址：http://www.cite.com.tw
客服專線：(02)2500-7718｜2500-7719
24小時傳真專線：(02)2500-1990｜2500-1991
服務時間：週一至週五09:30-12:00｜13:30-17:00
劃撥帳號：19863813　戶名：書虫股份有限公司
讀者服務信箱：service@readingclub.com.tw
香港發行所　城邦（香港）出版集團有限公司
地址：香港九龍九龍城土瓜灣道86號順聯工業大廈6樓A室
電話：+852-2508-6231
傳真：+852-2578-9337
馬新發行所　城邦（馬新）出版集團【Cite(M) Sdn. Bhd】
地址：41, Jalan Radin Anum, Bandar Baru Sri Petaling,
57000 Kuala Lumpur, Malaysia.
電話：+6(03) 9056 3833
傳真：+6(03) 9057 6622
讀者服務信箱 :services@cite.my
麥田部落格　http://ryefield.pixnet.net
印　　刷　漾格科技股份有限公司
初　　版　2024年4月
售　　價　360元

ISBN 978-626-7281-55-0
EISBN 978-626-7281-53-6（EPUB）
Printed in Taiwan.

國家圖書館出版品預行編目資料

下雨的書店：天氣漩渦的危機／日向理惠子著；吉田尚令繪；涂祐庭譯. -- 初版. -- 臺北市：小麥田出版：英屬蓋曼群島商家庭傳媒股份有限公司城邦分公司發行, 2024.04
面；　公分
譯自：雨ふる本屋とうずまき天気
ISBN 978-626-7281-55-0（平裝）

861.596　　112020477